講談社文庫

非・バランス

魚住直子

講談社

目次

非・バランス

本文デザイン／藤田知子

1

私は、橋の手前で立ちどまった。

小さな橋で幅《はば》はせまく長さも五メートル足らず。その下はこのあたりの住宅地を縫《ぬ》うように流れる川。

そのとき、夜の九時すぎ。ちりちりと霧雨《きりさめ》が降っていた。

私はコンビニから帰る途中《とちゅう》だった。

ついさっきまでベッドに寝ころび、雑誌の洋菓子《ようがし》特集をぼんやりと眺《なが》めていた。

そのうち、どうしてもシュークリームを食べたくなった。マンションを出ると、霧雨が降っていることに気がついた。でも傘をとりに戻るのはめんどくさかったからコンビニまでの近道を走った。その帰りに橋を渡ろうとしていたのだ。ちょうど、一台の車がすれすれに橋を通った。まっ暗なあたりが、ヘッドライトに照らされた。

その瞬間《しゅんかん》。

橋のまんなか、欄干《らんかん》に体をぴったりと寄せて、川底をのぞいている人の姿が浮かびあがった。

緑色のワンピースと緑色の頭。

（ミドリノオバサン！）

私は立ちどまり、息をのんだ。すぐにその人の後ろ姿にかけよった。

（さあ早く、願いごとをいわなきゃ）

背中にさっと手を伸ばす。

（ほらっ、早く、何か願いごとっ）

でも、頭には何も浮かばない。

次の瞬間、口から勝手に言葉がとびだした。

「タスケテ」

……助けて？　私、何をいってるの？

「えっ？」

女の人は、ぱっと振り返った。驚いた顔がこちらを見つめる。

あわてて手をひっこめた。

ミドリノオバサンじゃない。若い女の人だ。二十代後半ぐらいだろうか。

それによく見ると、服も緑色じゃない。ライトグレイのレインコート。

どうして緑色に見えたのか、私の目、どうかしている。頭も緑色に見えたのだが、それもよく見るとレインコートと同色の、つばのせまいレインハットをかぶっている。

はずかしさに顔がかっと熱くなった。

「すみませんっ」

いそいで女の人のわきをすりぬける。

「ちょっと待って」

女の人が呼びとめた。

「あなた今、助けてっていわなかった？」

私は振り返りながら「すみません」と、もう一度いった。

「本当にだいじょうぶ？　何かあったんじゃないの？」

「あの、自分がどうして助けてだなんていったのか、よくわからないんです。でも、だから、だいじょうぶなんです」

しどろもどろになっている私を、女の人はうるんだような目で、じっと見つめた。

私は頭を下げてマンションまで一気に走った。

1

〝ミドリノオバサン〟の話が今、中学で流行《はや》っている。

髪の毛を緑色に染《そ》め、全身、緑色の服を着ている中年の女の人が出没《しゅつぼつ》するという話。

ついこのあいだも同じクラスの女子が夕方、塾《じゅく》に行く途中に国道沿いのティンカーベルという喫茶店《きっさてん》の前でついにミドリノオバサンを見た、といって騒いでいた。

そのときのミドリノオバサンは緑に染めた髪に緑色のポロシャツとスカート、そのうえ緑色のハイソックスまではいていたらしい。

このミドリノオバサンの話が流行っているのは、私のクラスだけではない。二年のあいだだけでもない。一年も三年も含めた学校全体で流行っている。

そしてこのミドリノオバサンにはいつのまにかこんな話がひっついた。それはミドリノオバサンの緑色の部分（つまり髪や洋服だ）に触れながら願いごとを唱えると、その願いは必ずかなうという話。

でも、私はずっとこの話をばかにしていた。喫茶店の前でミドリノオバサンを見たという女子が「願いごとがいえなかった！」と、本気でくやしそうに話しているのを聞いたときも心の中で笑った。

たくさんの人が見たらしいので、髪を緑に染めて緑の服を好む変な趣味《しゅみ》のおばさんがこのあたりにいるのは本当だと思う。だけど、そのおばさんにさわって願いごとをいったらそれがかなうなんてばかばかしい。

でも。

あの橋で女の人を見たとき、私はミドリノオバサンだと何の疑いもなく、すぐに思いこんでしまった。

しかも願いごとを必死に考えて「助けて」だなんていってしまった。

まったく、どうかしている。

でも、自分が「助けて」といったその意味を考えるのはやめる。暗い淵《ふち》の底をのぞきこむことになる、そんな気がする。

1

私の作戦はクール。

特に学校という世界で生きるためにはクールということはとても重要だと思う。

中学に入る前に決めたことが二つある。

一つ、クールに生きていく。

二つ、友達は作らない。

二年になった今、だいたいにおいてうまくいっていると思う。モットー通り、友達は一人も作ってないし、自分なりにクールに生きているつもり。

どうしてそういうふうに決心したか。

それは小学校の五、六年が、あまりにもクダラナカッタから。いや、もっと正確にいえば、ナサケナカッタから。

本当にそれは、これまでの私の十三年と八ヵ月の人生において、もっともナサケナイ時間だった。もう二度とあんな時間は過ごしたくない。

私は小さいころから、お調子者のところがあった。まわりを笑わせるために、調子に乗りすぎてしまうのだ。

しらけた雰囲気《ふんいき》だと、早く何かいってみんなを笑わせなくちゃと思ったし、しんとしていると、決まって一番におしゃべりを始めた。

でも、そういうふうにやってうまくいっていたのは、小学四年まで。

五年になるとき、クラス替えがあった。四年までの仲のよかった友達とは同じクラスになれなかった。

五年になって最初の席順で、私の後ろに座ったのは、サトウユカリという、やせた色の白い子だった。ユカリはまんがを描くのが上手《うま》かった。

私は自分の国語のノートの最後のページを開き、

「ねえ、ここに何かまんがを描いて、描いて」

と、はしゃいだ声でユカリにいった。

「ユカリちゃん、すっごくうまいんだもん。将来、絶対にまんが家になれるよ」

1

正直にいえば、「将来、絶対にまんが家になれるくらいユカリがすっごく上手い」と、本気で思っていた訳じゃなかった。

沈没《ちんぼつ》していく船で救助を待っているような新学期の雰囲気がいやだった。景気づけるために、ちょっと調子に乗っていた。

それに、四年までの仲よしが同じクラスに一人もいない私としては、一刻も早く〝親友〟を作りたかった。ユカリはおとなしそうに見えた。私のおしゃべりの聞き役になってくれそうで、ぴったりだと思った。

ユカリはすぐに、私の国語のノートにまんがを描いてくれた。

たしか最初は花束を抱《かか》えた女の子の絵。次の日は犬を連れている女の子の絵。その次の日はパーティードレスを着てハイヒールをはいた女の子の絵。私は「描いて」と毎日、ユカリにノートを差し出した。

私とユカリの席に近い女子たちは、そういうやりとりを知っていた。時々、私の国語のノートは回覧された。

しばらくたったころ、何人かの女子が「私達も、そのノートにまんがを描かせて」と、やってきた。みんな、まんがが得意な、あるいは好きな子達だった。どうして自分のノートに描かずに、私の国語のノートに描きたがるのか不思議だった。

その子達は、私の国語のノートを「テンランカイ」と勝手に名前をつけて呼んでいた。なぜか私のノートに描くことが面白いらしかった。

「テンランカイ」を所有している私としては悪い気はしない。断る理由はないから描きたいという子がくると、どんどん描いてもらった。

けれど、しばらくして困った。一学期が半分も済んでいないのに、私の国語のノートが終わってしまったのだ。

表のページからを授業用に使って、裏のページからを「テンランカイ」用としていたのだけれど、授業用のページを数枚しか使っていないのに裏からのまんがとぶちあたってしまった。

「そろそろ、ちがうノートにしない？　こんどはユカリちゃんのノートにしようよ。それか江美《えみ》ちゃんか啓子《けいこ》ちゃんのノートでもいいし」

と、提案した。

でも、すぐに反対された。

「べつの子のノートじゃ、テンランカイじゃないよねえ」

そして、その日もまた江美ちゃんに「ノートを貸して」といわれた。私は断れなかった。

「もうスペースがないから、端に描いてね」とだけいった。

次の日、ノートにはペアの服を着た女の子と男の子の絵が、国語の授業の板書の上にサインペンで黒々と描かれていた。

頭にきた。

江美ちゃんの机にいくと、ノートをたたきつけ、「何すんのよっ」とどなった。

ユカリは、私の味方をしてくれなかった。私のことを「ドクサイシャ」と名づけた江美ちゃんや啓子ちゃんのグループの方に入った。とてもショックだった。

「ドクサイシャは最後、一人になるの。これって自業自得《じごうじとく》なんだよ」

クラスのほかの子達はグループの言葉に簡単に納得《なっとく》して見て見ぬふりをした。本当の事情を訊《き》こうとする子は誰もいなかった。

ひとりぼっちになった。

最初はめちゃくちゃに腹がたっていたから、江美ちゃん達にひそひそ悪口をいわれるのも、それほど気にならなかった。こっちは悪くないのだ、必ずいつか向こうから謝りにくるはずだと信じていた。

それにもしも江美ちゃんや啓子ちゃん達が謝りにこなかったとしても、ユカリだけはそのうちに私のところに来てくれると思っていた。

でも一ヵ月たっても誰も謝りにこなかった。それどころか、もっともひどく私を仲間外れにしているのは江美ちゃんでも啓子ちゃんでもなく、ユカリであることがわかった。

先生には話さなかった。いっても無駄だ。告げ口したといわれてさらに無視されるだけだ。

家族にも相談しなかった。母親はそのころパートから正社員に登用されて張り切っていた。そういう人に打ち明けるのは難しかった。三つ下の弟は幼すぎたし、父親はもともと帰りがおそく、土日もゴルフかその練習かまたは寝ていた。

だいたい仲間外《はず》れにされているなんて情けなさすぎる。絶対にいいたくない。

とにかくこの状態に向こうが飽きるまで、何とかやり過ごそうと思った。

でも、向こうは飽きなかった、もちろん。

状況《じょうきょう》はどんどんひどくなっていった。

一人でじっと我慢しているあいだに、私を無視するのはユカリ達のグループだけでなく、クラスの女子全体に広がっていた。

学校は休まなかった。

し続けた。


誰一人、口をきいてくれなくても、先生が気がつかなくても、平気だという顔をし続けた。

一日でも学校を休むと、懸命《けんめい》に立っている体は倒れ、ばらばらに砕《くだ》けちってしまいそうな気がした。

六年になるとき、クラス替えはなかった。五年のときの状態は卒業まで続いた。

中学になる前の春休み、私のうちは引っ越した。

親は、私がいじめられていることを最後までまったく知らなかった。だから、私のために引っ越したとか、そういう訳じゃない。

それまで住んでいた賃貸《ちんたい》マンションを出て、マンションを買ったのだ。

新しいマンションは広く、設備も最新だった。私と弟はそれぞれ部屋をもらえた。

引っ越して最初の夕食のとき、乾杯《かんぱい》した。

「おつかれさまでした」

母親は機嫌よく、一番高くグラスをかかげた。

「ここに無事に引っ越せたのは、ママが家のことも仕事も頑張ってくれてるおかげです。どうもありがとう」

父親は本気かどうかわからない、気持ちのこもっていない口調でいった。

「あら、私は好きでやってるだけよ」

母親は本気で照れたらしく体をちょっとくねらせて笑った。

（引っ越し、ばんざい）

私は一人、心の中で祝った。

本当に、本当に、うれしかった。

これで、あの小学校の出身者が行く中学に通わなくてすむ。同じ市内だけれど、隣の学区じゃないから、あの小学校の出身者はほとんどいないはずだ。

私は新しい壁《かべ》にかこまれた新しいベッドの上で毎日考えた。

中学に入ったら、別の人間に生まれ変わろう。

小学校のときの私は弱すぎた。

精一杯抵抗《ていこう》していると自分では思っていたけれど、今考えると、結局はされるままになっていた。

だけどもう小学校のときのことは忘れよう。そして別の人間に生まれ変わろう。

でも、またふつうにしていると、調子に乗ってしまう自分が怖かった。

よく考えてみるのだ。

この世の中は、何が起こるかわからない。こっちがきちんとしておけば、うまくいくというものでもない。

極端《きょくたん》な話かもしれないけれど、もしも私が老人になるまで良い人間になろうと善行ばかり積んで生きていっても百歳の誕生日に通《とお》り魔《ま》に殺されるかもしれない。

生きていくためには作戦が必要だ。

私の場合はまず、調子に乗らないこと。つまり、クールに生きていくこと。

だからもう友達を作らない。目立たないように、だけど自分をまわりに合わせることなく好きなように生きていく、これが作戦だ。

そして大切なポイントは、私はもう「される側」じゃないということ。つまり、私には友達がいないのじゃない、自分から友達を作らないことを選んだということ。

2

教室の窓から眺める。

ライトブルー一色だけを塗《ぬ》りたくったニセモノみたいな本物の青空。

巨大ないも虫そっくりの雲。

窓ぎわの席はいい。眺めるものがあると、読みたくない本を無理に広げなくてすむ。

「ねえあんたってさ、毎日毎日、何を見てる訳?」

びくっとした。いつのまにか女子が一人、そばに立っていた。私が勝手に「三人組」と名づけているグループの一人だ。

「誰か好きなオトコでもいる訳？　それで、いっつもグラウンドを見てる訳？」

まさか。私は首を振る。

「じゃ、どうして見てるの。何が見えるの」

こうやって話しかけられるのは久しぶりだ。二年になったばかりのころは、よく話しかけられた。

でも私は最小限にしか答えない。それに一年のときに同じクラスだった子達が私のことをしゃべらない変なやつだといったらしく、話しかけてくる子はすぐにいなくなった。

だけど、「何を見てるの」だなんて私が見ているものに本当に興味があるんだろうか、逆に訊《き》きたい。それとも単にからかいにきたのだろうか。

たぶん後者だろう。

黙ったまま視線を窓に戻し、外を眺めつづける姿勢をとった。

その子はチェッと小さく舌うちをすると、教室の前方に向かって歩いていった。

視界の端でその子の後ろ姿をとらえながら、ようやく名前を思い出した。

たしか、増村《ますむら》みずえ。

五月の連休が明けると、髪をうっすら茶色く染《そ》めた女子があらわれた。今、話しかけてきた増村みずえもそういう茶髪《ちゃぱつ》の一人。

茶髪にしている女子はクラスに全部で三人いて、いつも一緒にいる。だから、私は勝手に三人組と呼んでいる。

三人組はクラスの女子でもっとも目立つグループ。一目《いちもく》、置かれているふうだ。

そんな三人組の一人が、どうして私に話しかけてきたのだろう。

特に増村みずえはかん高い声でしゃべるのが特徴的《とくちょうてき》。私とは一番縁《えん》のなさそうなタイプだ。


茶髪三人組が連休明けにあらわれたことで、見ていて面白いのは、担任だ。一学期の始業式以来、動作がのろくて、ひげがやたらに濃いという印象しかなかったのに、突然《とつぜん》、生き生きしはじめたのだ。

まず、服装検査を増やした。もちろん、三人組は茶髪を指摘《してき》されても、「センセー、この色テンネンだよ、テンネン」と、しらをきる。

でもそんなことで担任はくじけない。きれいごとが書かれたクラス便りを発行し、放課後には特別指導を行い、自分の担当教科である数学の授業中も何かと三人組をあてて関心をひこうとする。

そういうのを見ていると、担任はまるで冬ごもりから目覚めた熊みたいに思えた。穴から出てきた熊はしばらくぼんやりとしていたが、突然、自分がおなかがぺこぺこであることに気がついたのだ。今、エサを探してあちこち動き回っている真っ最中だ。

今の担任はこんな熊だが、去年の担任はというと、神経質なキリギリスふうの女の音楽教師だった。

音楽教師は去年の五月ごろ、何度も私を職員室に呼び出した。中学に入学してから一ヵ月もたつのに、一人の友達もできない私を心配したのだった。

「何か悩《なや》みがあるんじゃないの？」

「困っていることがあるなら、何でも相談してほしいの」

そのたびに私は答えた。

「特に問題はありません」

すると、音楽教師はやりきれないというように極細《ごくぼそ》に整えた眉《まゆ》をひそめ、世にも悲しそうな顔をした。

それから少したって家庭訪問があった。その前日のホームルームの時間、音楽教師は「簡単なアンケート調査をします」といって手作りのプリントを配った。

アンケートには、「あなたには悩みを相談する相手が何人いますか」という質問があった。私は0人のところに丸をつけた。

音楽教師は私の家にやってくると、母親にそのアンケートを証拠《しょうこ》のようにつきつけた。

「彼女には悩みを打ち明けられるひとが一人もいないんですよ」

母親はむっとしたときの癖で指輪をくるくる回しながら隣に座っている私を見た。

「どうしてそんなこと書いたの？」

母親と音楽教師に見つめられ、私は笑うしかなかった。

「だってべつに悩みなんかないもん」

母親はほっとした表情になり、音楽教師の方に向き直った。

「うちの子はこういってますけど？」

「ですが……」

音楽教師が口ごもると、母親が話しだした。

「それに先生。私思うんですけど、もし悩みのある子がいたとしても、悩みはこれこれで、相談できる相手は何人って、中学生が書くでしょうか。そう簡単に答えないんじゃないですか。子どもの悩みは結局、子どもの世界でしか解決できないと思うんですけど。もちろん、それを見守る大人は絶対に必要ですが」

母親は調子に乗ったようだった。

「大人は過干渉にならないように気をつけるべきだって、いつも思うんです。大事なことは、それよりも親が必死で働いて充実した人生を送っている姿を子どもに見せることじゃないでしょうか」

悲しげに肩を落として帰る音楽教師を見送ったあと、母親は玄関のドアを閉めていった。

「先生の服、センス最悪」

音楽教師はそれ以来、私を職員室に呼ぶのをぷっつりとやめた。

中二になっても、あのころの夢を繰り返し見る。

昼休みが終わって図書室から教室に戻ると、私の机だけが後ろ向きになっている。

私は椅子《いす》に座っても気がつかない。

机の中の教科書を出そうと手を入れようとして、やっと気がつく。机を元の向きに戻そうと、あわてて立ちあがる。

そのとたん、後ろからかん高い笑い声が聞こえる。

私は体をかたくする。

笑い声のする方は絶対に見ない。

誰が笑っているのか、確かめない。

わかっているのだ。ユカリ達だ。

笑い声は、いつまでも終わらない。

私は机を元に戻すと、椅子にじっと座り、石になる。

早く授業が始まればいいのに。

でも、授業はいつまでたっても始まらない。先生はなかなか教室にやってこない。

笑い声は後ろでどんどん大きくなっていく。時々、言葉も聞こえる。私の名前や「くさい」とか「ドクサイシャ」という言葉が、交じっている。

頭がガンガンしてくる。

（うるさいっ）

いいかえしたい。

（笑うなっ）

声の限りにどなりたい。

そうだ、振り返っていいかえそう。

どうして、今までそうしなかったのだろう。

私は椅子に座ったままの姿勢で、体に力をこめる。どんどん力をこめる。体じゅうの血が煮えたぎってくる。耳の奥で血管のドクドクという音が聞こえる。

勇気をふりしぼって、振り向いた。

その瞬間《しゅんかん》、顔に冷たいものがはりついた。

2

ぬれたティッシュだ。

ぺちゃっ　ぺちゃっ

いやな音をたてて、私の顔や机に投げられる。

ベッドの上で目が覚めた。

べっとりした汗《あせ》をかいていた。いつもこうだ。あのころの夢を見ると、いやな汗をかいている。

洗面所にいき、顔を洗った。新しいタオルを出して顔をごしごしふいた。

まだうちにはだれも帰っていない。私の部屋からつけっぱなしのＣＤが、洗面所までかすかに聞こえるだけだ。

廊下《ろうか》の電話台の前に立った。

すっかりおぼえた電話番号を押す。

コール音が三回鳴りおわったとき、電話がつながった。

「もしもし」

この声は「当たり」だ。

「もしもしっ」

「誰なのよ?」

「ちょっとお、どうしてこんなことするの?」

受話器から聞こえてくる質問には一切、答えない。

五秒数えて、電話を切った。

3

五月の終わりの放課後。いつも登下校に使う正門ではなく、校舎裏にある西口の校門を出た。

近くのアパートの駐車場《ちゆうしやじよう》を通りかかると、例の茶髪《ちやぱつ》三人組と三年の男子が数人いることに気がついた。

その子達はワインレッドのバンの後ろに隠れるように、駐車場のブロック塀に寄りかかっている。たばこをすっているらしい。

そちらを見ないように通り過ぎた。

「口なしいっ」

その中の誰がいったのかはわからなかった。

「てめえ、口がないのかよっ」

「口なしいっ」

次々に声がする。でも無視して歩きつづけた。


二十分ほど歩き、駅前のアーケード通りまで出た。

文房具店《ぶんぼうぐてん》に入った。こっちに引っ越してきてからノートやペンを買うと決めている店。このあたりでは商品の種類も多く、センスもいい。売り場も一階と二階にわかれていて広い。

二階に上がり、前に買って気にいったチューリップのデザインのノートを二冊、同じデザインの単語帳を一冊、買った。

一階に下りて、ペンや消しゴムのコーナーに行った。キャップ部分に小さなプラスチックのチューリップのついているボールペンを見つけた。

かわいい新商品。チューリップだから、ノートと揃いになる。

息をのむ。

盗《と》るのは二度目だ。先月ノートを買ったあとで初めて盗った。アーモンドチョコレート形の消しゴムだった。罪悪感は不思議とわかなかった。それよりもすっきりした気分になれて、そんな気分になったことに驚いた。

あたりをさりげなく見まわす。

オーケー、誰もいない。

チューリップのボールペンをもう一度、手にとった。その瞬間《しゅんかん》、胸がつまって息ができない。

そっと手さげバッグに落とす。息苦しさが、すうっと頭の後ろに抜けていく。

かわりに、強い炭酸がばちばちっと胸の中ではじける。

さあ、急いで店を出なきゃ。

でも、私は未練がましく店をうろついた。もう一度、もう一度だけ、今の感覚を味わいたい。

よし、どうせなら今度はもっと高価なものにしよう。ゆっくりと店内を歩いて品定めをした。もっと高価できれいなもの。やがて見つけた。それは二階の隅《すみ》にならべられたペーパーウエイト。ガラス製で青とグリーンのマーブル模様《もよう》。値段を見ると千八百円。

もちろん買うこともできる。ひと月のこづかいは五千円。まだ今月、余裕《よゆう》はある。

あたりを見まわし、すばやく手さげバッグにペーパーウエイトを落とした。また、胸の中で炭酸がはじけた。

ほっと息をついた。すっきりした気分で一階に下りた。

店のドアを出ようとしたとき、腕《うで》を強くつかまれた。

男の店員だ。細長い顔につきでた鼻。変に立体的で魚に似ている。

3

魚顔の店員はゆっくりと顔を近づけると、低い声でささやいた。

「あんたちょっと、一緒に来て」

ばれたんだ。一気にのどがカラカラになる。

魚顔は、私の腕をつかんだまま、階段を上がった。「事務所」とプラスチックのプレートのはってあるドアの前で立ちどまった。その一瞬《いっしゅん》、手を離した。

私はかけだした。

「おい、待てっ」

懸命《けんめい》に階段を下りる。商品棚《しょうひんだな》を縫って走る。後ろから魚顔が追ってくるが、だいぶ距離《きょり》がある。ほかの店員は気がついていないのか、追ってくるのは魚顔だけのようだ。全力で走れば逃《に》げきれる、そう確信した。

だが、店の自動ドアがもたもたして、なかなかひらかなかった。ようやく外に出たとき、魚顔が再び私の腕をつかまえようとしていた。

そのとき、誰かが「あっ」と、叫《さけ》んだ。

次の瞬間、私のすぐ後ろを、何かがすごい勢いでゴーッと転がってきた。

いつも店の前に置かれている、売り物の紙バッグがぶらさがっているキャスターだ。

魚顔は行く手をさえぎられ、あわてたように立ちどまった。

なんだかわからないけど、ラッキー！

私はアーケード通りをかけだした。

気がつくと、女の人が前を走っている。ちらっと振り向いて私を見る。

「こっちよ、こっち」

「あっ」と叫んだのと同じ声。私はその人の後ろについて走った。

どれくらい走っただろうか。アーケードの脇道に入り、商店街を出て、さらに角を右へ左へと曲がった。

女の人は、もうこれ以上走れないというように急に立ちどまった。私も息が苦しかった。

女の人はひざに手をつくと、肩《かた》で大きく息をしながらいった。

「もうここまで逃げたら追ってこないでしょ」

私はつばを無理やり飲みこみ、息を整えた。

「どうして、助けてくれたんですか」

女の人は顔を上げ、にっこりした。

「だって私、あなたに助けてって頼まれたから、あの晩、橋で」


その先に見つけたさびれた喫茶店《きっさてん》で、女の人は紅茶を二つ頼んだ。

あの晩は霧雨《きりさめ》が降っていて暗かった。女の人はレインハットをかぶっていた。だから顔なんてほとんど覚えていない。でもよく見れば、つるんとした卵みたいな顔と、小さいけれど黒目の大きな瞳《ひとみ》に、見覚えがある気もする。

女の人は、冷たいおしぼりで指を一本一本、ていねいにふきながらいった。

「さっき、買い物をしている途中《とちゅう》だったの。今日は仕事が休みでね。あの店の前を通りかかったら、あなたがとびだしてくるんだもの、もうびっくりしたわ。あわててキャスターを転がしたのよ」

「だけど、私のこと、よくわかりましたね」

「だって、あの店員から逃げだそうとしてるときのあなたの顔、私に助けてっていったときの顔と同じだったから」

女の人は、ほっと息を吐いた。

「でも、本当によかったわ。あなたを少しでも助けることができて……」

何か、おかしかった。

この人のおかげで逃げきれた。

でも、どうしてこの女の人は私を助けようとするのだろう。私が助けてといったから？ 見も知らないのに？

紅茶が運ばれてきた。女の人は視線を落として、紅茶をすすりはじめた。

私は浮きあがるレモンをスプーンで何度も沈《しず》めながら、上目《うわめ》づかいで女の人を観察する。

本当にこの人、どういうつもりなんだろう。

もしかしたら、何かのセールスとか、宗教なんかの勧誘《かんゆう》の人なのだろうか。これから、そういう話を始めるのだろうか。

そうだ、服装に変なところはないだろうか。シルクらしいベージュのシャツ、オフホワイトのパンツ。耳元には雨のしずくの形をした小さな金のピアスが光っている。

顔は色白、口と鼻は小さめで、とりたてて特徴《とくちょう》がない感じ。目も二重《ふたえ》でもないし、たいして大きくもない。でも、黒目の部分が大きいのが印象的。

全体的にいえば、すごい美人というわけじゃない。でも、何となくひきつけられる。薄化粧《うすげしょう》で、口紅の淡いオレンジ色も、よく似合っている。

髪型はショートボブというのか、さらさらした髪が、あごのすこし上でまっすぐに切りそろえられている。

まあ見かけからいくと、アブナイ人じゃなさそうだ。普通のＯＬという感じか、それよりも、もうちょっとおしゃれな感じ。

女の人は黙ったまま、紅茶をすすりつづけていた。私は思い切っていった。

「あのときもいったと思うんですけど、助けてって、どうしていったのかわからないんです。べつに助けてほしいって思ってるわけじゃないし。それにだいたい、どうして知らない私を助けようとするんですか」

女の人はびくっとした。

「それは……、よくわからないわ」

「わからない？」

「……なんといえばいいのかな。たぶん、あなたが助けてと、どうしていったのか、自分でもわからないように、私もわからないんだと思うの」

いったい、何をいっているのだろう？　大人のくせにどうしてこんな訳のわからないことをいうのだろう。

でも、そういえば、あの晩も普通じゃない雰囲気《ふんいき》が漂っていた気がする。ミドリノオバサンだと思いこませるような雰囲気。

ふと思いついた。

もしかして、もしかして、この人が本当のミドリノオバサンだったりして？　話に聞いていたより若いし、髪を緑に染《そ》めてないし、緑色の服も着ていないけど。

でも、「助けて」といった私の願いをただ、かなえようとしている。

「もしかしてあなた、ミドリノオバサンなの？」

小さな声で訊いてみる。女の人はきょとんとした。

「それなに？」

やっぱりミドリノオバサンではないらしい。

「なあに、緑のおばさんって？」

私は学校でミドリノオバサンの話が流行《はや》っていることを説明する。

「それって大昔の、口さけ女の話みたいね」

急に子どもっぽい顔つきになって、くすくす笑った。

席を立つ前に、女の人はバッグからピンク色のメモ用紙を取り出した。それにボールペンで書いた。

「はい」

渡されたメモには電話番号とカタカナで名前が書いてあった。

『ハヤシモト　サラ』

「もし、気が向いたら電話して。またおしゃべりでもしましょう」

と、ハヤシモトサラさんはいった。

4

また夢を見ていた。
でも、いつもの夢と少しちがう。教室じゃない。
それは電話のベルが鳴りひびく夢。
ベルが鳴り続ける。でも、誰もとらない。
私はしかたなく、電話に向かう。
けれど、足が重く、まるで泥《どろ》の中を歩いているよう。
電話は、気が遠くなるほど長い廊下《ろうか》の先に、ぽつんと置いてある。

ようやくたどりつく。

受話器を上げて、耳にあてる。

とたん、電話が切れた。

ちきしょう、仕返しだ。

舌うちをして受話器を置こうとする。

が、こんどは受話器が私の手と耳にはりついて、はなれない。

ツーツという電話の切れた音が耳につきささる。針をつきたてられているようだ。音はどんどん大きくなる。

ツーツ、ツーツ、ツーツー

このままでは鼓膜《こまく》がやぶれてしまう。

そのうえ、受話器が氷のように冷たい。手と耳が凍《こお》ってしまう。

私はあせる。

でも受話器はぴったりと手と耳にはりついて、はなれない。


目が覚めると、本当に電話が鳴っていた。

急いで廊下に出て受話器を上げると、母親の声が耳にとびこんできた。

「パパ、今日も遅いらしいの。真《まこと》と二人で留守番、よろしくね」

そうか、今晩、母親は泊《と》まりの出張だった。

急に入った出張で、課長の代役で行くのだと、今朝から張り切っていた。

「わかってる」

電話を切った。

なんだか無性《むしょう》にいらいらする。体の底から熱いものがわきあがってくる感じ。

八時半、弟の真が塾《じゅく》から戻ってきた。

私は冷凍庫《れいとうこ》からグラタンを出して、粉チーズとパン粉をふって焼いてあげた。

ふだんはやってあげない。それくらいのことは弟も勝手にする。もう小五だ。でも、少しだけ弟にやさしくしてあげたい気分。というより、誰かにやさしくすれば、気分も落ち着くかもしれないと思った。

弟の方は何にも考えていないようだった。グラタンをさっさと食べおえると、ウーロン茶のペットボトルとスナックの袋《ふくろ》を持って、居間のソファに寝っころがり、テレビを見始めた。

私は自分の部屋に戻った。音楽をかけたけれど、やっぱり落ち着かなかった。

そうだ、気分転換《てんかん》にCDを借りにいこうかな。

机の時計は、九時を少しまわったところ。国道沿いの二十四時間営業のレンタル店ならやっているはずだ。しばらくいってないから、新しいのが入っているだろう。

居間にいき、弟にいった。

「自転車でちょっとレンタル店に行ってくるから」

弟は顔を上げずに「イッテラッシャーイ」といった。

夜のレンタル店は天国みたいにほっとできた。明るく、騒がしく、人がたくさんいる。

できるものなら、こういうにぎやかなところに住みつきたい。隅に置いてある、あの鉢《はち》植えのベンジャミンになってもいい。観葉植物になって、二十四時間、音楽を聴《き》きながら客を眺めてぼうっと生きていくのだ。

洋楽ポップスコーナーの「ア行」からゆっくり見ていった。やっぱり新しいのがかなり入っている。

「タ行」のCDを一枚、手にしたとき、

「そういうの好きなの？」

後ろで男の人の声がした。

振り返ると、若い男の人が立っている。紺《こん》のサマーセーターにチノパン。ふちなしの眼鏡《めがね》。

「今、きみの持ってるそれ、昔のヒット曲のリバイバルなんだよ、知ってた?」

そんなこと知らない。私は首を振る。

男の人は白い歯を見せて笑った。

「もしよかったらお茶にいかない? 音楽の話とかしようよ。このすぐ近くにケーキのおいしいカフェがあるんだけど」

胸がドキドキ鳴りはじめる。

これってナンパ? 初めてだ。相手はずいぶん年上っぽいけど。大学生かサラリーマンという感じだけど。

「その店ってほんとにすぐ近くなの?」

ドキドキする気持ちを隠して、できるだけ慣れているような調子でたずねる。

男の人は、細い指で鼻の眼鏡を押し上げた。

「そうだね、車で五分もかからないよ」

一応、弟に電話をしておくことにする。

「もしもし、真？　ゆっくり見てるの。ちょっと帰りが遅くなりそう。まだ帰ってこないとは思うけど、もしおとうさんが早く帰ってきても、私が外出してること、黙っておいてね」

早口でそういうと、弟は宇宙人《うちゅうじん》みたいな声で「ワカッタ」と返事した。

車に乗りこんだ。

男の人がエンジンをかける。とたんに車の中は大音量の音楽でいっぱいになった。

聴いたことのない外国モノ。よくわからないけれど、分類すればアダルトコンテンポラリーというところかな。オジサンの趣味《しゅみ》って感じ。

「きみ、自転車で来ていたんだったよね。お茶だけ飲んだら、すぐにここまで送ってあげるからね」

車は国道に出ると、どんどんスピードを上げた。

すっごく気持ちいい。

道沿いに並ぶシャッターの閉まった店や、ちんまりとオレンジ色の明かりをともしている家が、どんどん後ろに吹き飛ばされていく。同時にさっきまでのいらいらしたものも吹き飛ばされるようだ。このまま、私をまっさらな世界に連れていってほしい。

男の人がCDデッキに手を伸ばし、音を絞った。

「ねえ、きみってどこの高校？」

「えっ？」

そうか、この人は私のことを高校生だと思っているのか。ジーンズにポロシャツ。とくに大人っぽいかっこうをしている訳でもないのに。

こいつ、高校生と中学生の区別もつかないのか？　こっちはまだ中二だぞ。だけど、そういう区別がつかないっていうことが、やっぱり、もうトシってことだよ、オジサン。

「教えられない」

私の声はちょっと笑った声になった。

「そうだよなあ、やっぱり教えられないよな」

相手は何か勘違《かんちが》いしたまま、アハハッと笑い、前よりもCDの音量を上げた。

フワフワした気分。

どうかいつまでも、このウカレた気分が続いてほしい。

車はすっと国道をはずれて、住宅街をすすみはじめた。

ちょっと不安になってくる。

車で五分もかからないといったけれど、もう十分は走った気がする。

「まだ?」

「もうちょっとだよ」

あたりの景色に目を凝《こ》らした。

暗いけれど、だいたいわかる。前に住んでいたところの近くだ。ちょっとほっとした。

だけど、このあたりにケーキのおいしいカフェなんてあったっけ？

車は住宅街をぬけ、暗い坂道をのぼりはじめた。

このあたりからは、ちょっとした小山になっている。てっぺんは切りくずされ、住宅地になっている。小六のとき、このてっぺんの新興住宅地から通っている男子がクラスにいた。頂上までの道は舗装《ほそう》されているけれど、かなり急な山道だ。

私が不安に思いはじめたのがわかったのか、男の人はとりつくろうようにいった。

「この道の途中《とちゅう》に、この街の夜景がすっごくきれいに見えるところがあるんだ。お茶する前に、そこに連れていってあげようと思ってさ」

手のひらに、じわっと汗《あせ》が出た。急に現実に引き戻される。

これって、やばい。どうしよう？

いや、今さらどうしよう、じゃない。こういうことがあるかもしれないと、わかっていたんだから。……だけど、やっぱり、どうしたらいい？

すぐに逃《に》げられるように、唯一《ゆいいつ》の持ち物である財布《さいふ》をジーンズのポケットにギュッと押しこむ。ドアのロックもそっとはずす。

しばらくして車は崖側の空き地にとまった。

「さあ、ついたよ」

その空き地は、何のためのパーキングかわからないけれど、地面がアスファルトでかためられ、何台か駐車《ちゅうしゃ》できるようになっていた。隅には、ついたり消えたりをくりかえす古い電灯と公衆電話、それに壊れて電気のついていない自動販売機《じどうはんばいき》が一台。

崖の手前には、背の高い金網《かなあみ》のフェンスが張ってある。その金網の向こうには、ぽつぽつとまばらな街の明かりが広がっている。

「ねえ、きれいだろう？」

男の声が低いささやき声に変わった。

手が私の右肩にかかる。

ドアを勢いよくあけ、車から飛び出した。あとさき考えず、とにかくそこにある金網のフェンスにのぼる。

男もあわてて車を降りてきた。

「おいっ、どうしたんだっ」

一気にフェンスのてっぺんまでのぼった。

フェンスの高さは三メートル以上あった。まさに火事場のばか力というやつだ。

なんとかてっぺんで安定した体勢をとると、ほっとした。ひんやりした風が吹いている。

「あぶないぞ、下りてこい」

男は下から叫《さけ》んだ。

「何もしないから、下りてこい」

男もフェンスをのぼろうとした。が、革靴《かわぐつ》をはいているうえに、服を汚さないようにのぼろうとするせいで、少しのぼると、すぐにずり落ちた。

男はのぼってはずり落ち、のぼってはずり落ちる。見ていると、だんだんおかしくなってきた。

「笑うなっ」

男は突然《とつぜん》、どなった。のぼるのをあきらめたのか、フェンスから少し離れ、こちらを見あげてにらんだ。

私は笑うのをすぐにやめた。男は急に猫なで声を出した。

「さあ、いい子だから下りておいで。きみが考えているようなこと、何もするつもりはないんだよ」

またおかしくなってくる。きみが考えているようなことって何？　そっちが考えていることじゃないの？　おなかから、くつくつと笑いがこみあげてくる。今度は笑いだすと、止まらない。

男はまた人が変わったように、太い声でどなった。

「おまえっ、いつまでそうやっているつもりだ」

「あんたがいなくなったら下りるよ」

男はウウッと低い声を出して、ぱっとしゃがんだ。何か拾うと、笑い続ける私に向かって投げた。

がつっと背中に硬《かた》いものが当たった。はねかえって地面に落ちていったのは石だった。

「勝手にしろっ」

男は車に乗りこみ、乱暴《らんぼう》にドアを閉めた。エンジンを何度か吹かし、急発進で山道を下りていった。

車が見えなくなってから、三十秒数えてフェンスから下りた。

地面に立つと、右手が痛んだ。電灯の下で手のひらを見ると、親指の根もとが切れている。

見ていると、ずきずきしてくる。石をぶつけられた背中も痛い。

もう全然、おかしくなかった。

その場にしゃがみこんだ。目を凝らして腕時計を見た。針は十時五十五分を指している。

あたりはしんとしていた。急に寒くなり、身震《みぶる》いした。

突然、こんな夜にこんな山の途中にいることが怖くなる。このまま、ここで誰にも知られずに死んでしまうような気がしてくる。

父親はもう帰ってきただろうか。ふだんならまだだけれど、今日は母親が出張でいないから、気にして早めに帰ってきているかもしれない。

電話して父親に車で迎えにきてもらおうか？　いや、父親に電話するなんてとんでもない。だいたい、ここにいることをどういいわけする？

目を閉じてクールという言葉を無理やり思い出してみた。

クール、クール、クール、クール、クール……。呪文《じゅもん》のように唱えてみる。

（クールに生きるとしたら、こういう場合どうしますか？）

（ハイッ、答えは、鼻歌でも歌いながら山道を歩いて下りる、デス）

でも今はそんなこと、とてもできそうになかった。

財布のカード用ポケットからピンク色の紙がはみ出ているのに気がついた。ひっぱりだすと、このあいだ、あの女の人に喫茶店《きっさてん》でもらったメモ。

立ちあがり、公衆電話に歩いた。

コール音は五回、鳴った。

「もしもし？」

受話器の奥から、女の人の声が聞こえてきた。

「あの、ハヤシモトサラさんですか」

「はい、そうですけど」

サラさんは一瞬《いっしゅん》、いぶかしげな声を出した。

「あっ、もしかして、あなた、ミドリノオバサンを探してる……？」

「はい」

「わあ、びっくりした。ほんとに電話をくれるなんて思わなかったわ」

サラさんの声はぱっと明るくなった。

「どう、元気にしてる？」

「うん、まあ」

「今、何をしてるの？」

「………」

何と答えたらいいのだろう。

近くの草むらで、虫がジージーと鳴いているのに気がついた。黙ったまま考えた。六月に鳴く虫は何という虫だろうか。

「もしかして、今、外にいるんじゃない？　どこにいるの」

「なんか、変な虫の鳴いているところ」

「あの橋の近く？」

「違う、もっと空に近いところ。車もめったに通らないところ」

ふと不思議になってくる。どうして私はこの人に電話をしたのだろう。ほとんど知らない人なのに。

いや、理由はわかっている。ほかに電話をできる相手は一人もいなかった。

「空に近いところということは、星もいっぱい見えるようなところ?」

サラさんがたずねた。

空を見あげた。

本当だ。見える。星がいっぱい、見える。

鼻がつんとしてきた。

私、ほんとに何してんだろう。こんなところで。ばかみたいだ。

「本当にどうしたの、だいじょうぶ?」

サラさんは不安そうな声になった。

「何か、私にできることがあるならいってみて」

4

「ありがと」

小声でいうと電話を切った。

歩いて下りることにした。サラさんの声を聞いて、少し元気が出た気がした。山道は思ったほど暗くなかった。電灯がところどころにあった。でも電灯の光があると、山の木が変な形に見えて、かえって怖かった。

鼻歌を歌ってみる。でも声が響くのが怖くて、すぐにやめた。

途中で何台かの車が上ったり、下りてきたりした。そのたびにびくびくした。あの男の車が戻ってきたのかもしれない。そう思い、とっさに木の陰に隠れた。

二十分ぐらい歩いたころ、上から下りてきた車を見ると、タクシーだった。

「空車」の赤い字が光っている。止まってもらえないかもしれないと思ったが、手を上げるとあっさりと止まり、ドアが開いた。

バックシートに乗り込み、とりあえずうちのマンション近くの目印のガソリンスタンドを告げる。運転手は「はい」と機械的に答えると、バインダーにボールペンで何か書きこみ、すぐに車を出した。

ほっとした。よかった、これで無事に帰れる。

山道を下りながら運転手がバックミラーで私を見た。と、ちょっと驚いた表情に変わり、何度も確かめるようにバックミラーをちらちらと見る。

「もしかして中学生？」

私は答えなかった。

「何してたの？　こんな時間にあんなところで」

急にねっとりした口調だ。

「お金なら持ってます！　ちゃんと払えますから」

思わず必死になった。

運転手は肩をすくめた。

「こっちはそういうことを聞いてるんじゃないんだよ。お金のことなんか聞いてないよ」

私はバックミラーで目が合わないように体をずらした。

「心配していってるのにいやだねえ、このごろの子どもは」

年をとった運転手はつぶやくようにいうと、それきり黙った。

私は息をつめて、窓の外を眺めた。暗くてほとんど何も見えなかった。運転手のいった「子ども」という言葉だけが、頭の中でぐるぐる回っていた。

結局、うちまで行かずにいつものコンビニの前でタクシーを降りた。三千百八十円也《なり》。

運転手に見られているような気がしてコンビニにすばやく入った。雑誌を一冊ゆっくりと選び、レジの前でブルーベリーガムを買って、外に出た。タクシーはいなくなっていた。

橋の手前までくると、人が一人、立っていた。暗くてシルエットしか見えなかったが、こちらを向いていることはわかった。

まっすぐにじっと立っている。

近づくと、シルエットだけの人が、ぱっと知った顔に変わった。

サラさんは、私を見ると、力が抜けたようにほっと肩をおろした。

「さっきの電話、途中で切れたみたいに終わったから心配になって……。でも、無事《ぶじ》に空に近いところから戻ってこれたのね」

私はうなずいた。

とたん、思わず涙《なみだ》がぽろっと落ちた。

あわてて奥歯をかみしめたが、涙がまたぽろぽろ、こぼれ落ちた。

サラさんは手を伸ばし、私の肩にそっとふれた。

「よかったわ、無事で」

もう我慢できなかった。無性に泣きたかった。心配してくれる人がここにいるんだ。そう思うと、涙はいくらでも出てきた。

人前で泣くのは、いつ以来だろう。思い出せないくらい、昔のような気がする。

サラさんの手がゆっくりと私の背中をなでていた。

どれくらいたったか、ようやく涙が止まった。

顔を上げると、あたりがずいぶん明るく感じられた。街灯もあるし、家の明かりもある。昼間はゴミが目立つ川さえ、街灯の光でさざなみがきらきらとかがやき、きれいに見えた。

ほっとしていた。久しぶりに味わう気持ちだった。

「もう遅いわ。早くうちに帰った方がいい」

「帰りたくないな」

私はつぶやいた。

でも、今の私には、ほかに行くところはない。もっと大人になったら、行くところを自分で選べるのだろうけれど。それまでは親の家に帰るしかない。

「じゃあちょっと、私のうちにくる?」

「いいの?」

「ええ、いいわよ」

サラさんはほほえんだ。

サラさんのうちは、橋から川沿いの道を少し歩いたところにあった。二階建ての、あまり新しくない小さなアパート。二階の一番端の部屋だった。

ドアを開けると、すぐ小さな台所になっていた。奥に四畳半のたたみの部屋と、六畳ぐらいのフローリングの部屋が続いていた。

たたみの部屋にはクローゼットとチェスト。チェストの上にはミシンが置いてある。それに顔のないマネキン人形というのか、胴体のみの人形が立っている。

フローリングの部屋には背の高いルームランプと小さな丸いテーブル、それにベッドとテレビがあった。

部屋はさっぱりとしていた。

家具はどれも白木《しらき》で揃えてあり、カーペットやカーテン、ベッドカバー、クッシヨンは、ブルーの布できちんと統一されている。

けれど、きれいに揃えられすぎているせいか、かえって殺風景な感じもする。

「ベッドのある方が居間よ。今、お茶を淹れるから遠慮《えんりょ》しないで適当に座ってちょうだい」

私はベッドと反対側の壁《かべ》ぎわに腰をおろした。サラさんが持ってきてくれた熱いお茶は、紅茶でもコーヒーでもなかった。ガムのようなスッとする香《かお》りの黄色がかったお茶だった。

「これ、なんていうお茶？」

「ミントのハーブティー。さっぱりするわよ」

ひとくちすると、口いっぱいにミントの香りが広がった。

とても静かだった。外の音は何も聞こえてこなかった。

サラさんが思いついたようにいった。

「そうだわ。このあいだ、あなたに緑のおばさんにまちがえられたときのレインコート、もう一度見せてあげる」

サラさんは隣の部屋にいき、クローゼットからレインコートを取り出した。

「ほら、おそろいのレインハットも」

サラさんは帽子《ぼうし》も出すとかぶってみせた。

私はコートと帽子をじっと見つめた。

やっぱり、ライトグレイ。

本当にどうしてこれが緑色に見えたのだろう。あのとき、暗くて雨が降っていたということもあるけれど、どう見たって浅い灰色だ。

でも、緑色に見えたおかげで、サラさんと知りあえた。見まちがえたことに感謝しなきゃ。

サラさんはレインハットをぬぎながらいった。

「不思議よね、これが緑色に見えたなんてね。だけどそういえば、私がこれを作るとき、緑の生地《きじ》にしようかなってちょっと思ったの。まさか、それが関係あったりしたのかな」

「え、このレインコート、サラさんが作ったの？」

「あら、こう見えても服を作るの、得意なのよ」

サラさんはちょっと胸を張るポーズをとった。

あ、そうかと思った。隣の部屋にミシンとマネキンみたいな人形があったのはそういう訳だ。

「私、高校を出て、洋服のデザイン専門学校にいったの。それから今の婦人服の会社に入ったの」

サラさんはデザインの仕事をしているのだ。洋服のデザインというのは、サラさんの雰囲気《ふんいき》にぴったりの仕事だと思った。

サラさんが作ったほかの服も見たくなった。頼むと、サラさんは快く披露《ひろう》してくれた。

クローゼットとチェストから次々に出てきたのは、ブラウスにスカート、パンツ、ジャケット、ワンピース。どれも手作りとはとても思えなかった。買ったもののようだ。デザインも凝っているものからシンプルなものまで、様々だ。

その服達を手にとって見ていると、幼稚園《ようちえん》のころに母親が夏のワンピースを作ってくれたことを、ふいに思い出した。

長方形の筒《つつ》に肩ひもをつけただけの簡単なワンピースだった。サラさんの服とは比べものにならない。

でも、私はそのワンピースがとても気にいっていた。大きくなり着られなくなっても、なかなか捨てられなかった。

しばらくサラさんと私は洋服の話をした。正確にいえば話をしたというより、私がどうやって作るのとか、どうやってデザインを考えるの、と質問して、サラさんがそれに答えたのだった。

結局、その晩、サラさんは私がどこから電話をかけてきたのか、なぜ泣いたのかも訊《き》かなかった。

家に戻ると、午前一時十分だった。父親はまだ、帰っていなかった。

☀ 5

次の日、グラウンドでの朝礼が始まってすぐ。

視界が端から暗くなっていった。同時に体がぐらっと傾いた。

昨晩の寝不足と、梅雨《つゆ》直前の晴れわたった強い日射しのせいだ。

しゃがむと、いちばん近くにいた隣のクラス担任の若い女の教師がやってきた。

私の腕《うで》を強くつかんで立ちあがらせ、列から出した。

「一人で保健室にいくのは無理よね？」と訊《き》かれたが、「だいじょうぶです、一人でいけます」と答えた。

保健室にいく気はなかった。そんなに気分は悪くない。ただ眠《ねむ》いだけだ。私はまっすぐに二階の自分の教室に上がった。

教室の後ろのドアをあけた。誰もいないと思っていたのに、前の方の席に人が一人、座っている。振り返ったのは、増村みずえだ。

みずえの目は赤く充血《じゅうけつ》していた。頰も紅潮《こうちょう》している。泣いていたような顔だ。

まずいところに入ってきてしまった、と思ったが、みずえは顔を隠そうとしなかった。

「まだ朝礼中だよね。どうしたの、まさかあんたもサボりなの」

その声は、いつも三人組でつるんでいるときの話をわざとまわりに聞かせるようなキンキンした声じゃなかった。

私は自分の机につきながら答えた。

「気分が悪いから、先に上がってきたの」

「じゃ、保健室にいけばいいのに」

むっとした。教室に戻ってきてはいけないというつもりだろうか。

それとも泣いていたことを知られたのが、やっぱりはずかしいのだろうか。

でもはっきりいって、増村みずえが朝礼をサボって泣いていたことに興味はない。

「どうして保健室にいかないの?」

みずえはまた訊いた。

「べつに」

窓の外に目を向ける。

グラウンドでは朝礼が続いていた。

グラウンドは校舎の建っている土地よりも一段低いところにあるので、整列している生徒と、そのまわりにぱらぱらと立っている教師達がまるごと見えた。

校長がだらだらとまだ話をしている。いったい、いつまで話すつもりなんだろう。

「このあいださ、『口がないのかよっ』ていって、ごめん」

えっ? 驚いてみずえを見た。が、もうこちらを向いていない。

みずえの背を眺めた。

何か答えるべきだろうか。「いいよ」とか「今度からそんなこと、いわないでよ」とか。

でも、そんなことをわざわざいうのもばかばかしいかな。私は何もいわずに、また窓の外に視線を戻した。

グラウンドに並ぶ六百人の生徒。

全員揃いの白いシャツを着て、紺色《こんいろ》のスカートとズボンをはいて、黒い髪の毛。

そういう人間が六百人も整列して、黙って立っている。

一瞬《いっしゅん》、六百人がみんな、同じ人間のように思えた。男と女の違いがあるだけで、クローン人間のように、みんなそっくりなのだ。

でも、本当は違う。

私がこうやって頭の中でゴタゴタ考えているように、あの六百人もそれぞれ別々のことを頭の中で考えているはずだ。

誰がどんな悩《なや》みや気持ちを抱いているのか、全然わからない。でも、たしかにあそこには六百通りの考えや気持ちや悩みがあるのだ。

またためまいがおきそうだった。

前を向くと、増村みずえは机につっぷしていた。よく見ると、肩が震《ふる》えている。また泣いているのかもしれない。

あそこにもひとつ、私の知らない悩みがある。


サラさんのアパートに時々遊びにいくようになった。たいてい土曜日か日曜日の午後で、私の持っていくケーキやお菓子《かし》をサラさんの淹れたお茶と一緒に食べた。

サラさんはたまに面白いこともいうけれど、基本的にあまりおしゃべりではなかった。だから話し役はほとんど私だった。

私はたくさんしゃべった。雑誌で読んだ特集記事、投書欄《とうしょらん》に載っていた話、最近、気にいってよく聴《き》く音楽のことなど。学校や家のことはしゃべらなかった。サラさんもたずねなかった。

サラさんといると、呪文《じゅもん》やモットーがなくても平気だった。自然でいられた。思いのまま人に話すのは、とても楽しかった。忘れかけていた感覚だった。

サラさんはどんな話でも楽しそうに聞いてくれる。話が百個あっても、千個あっても、ずっと聞き続けてくれそうな感じだ。私は夢中になってしゃべり続けた。

サラさんをふっと不思議に感じることもあった。どうしてこんなに、私の相手をしてくれるのか。

サラさんのアパートにいく前には必ず電話をした。サラさんが留守でいないこともあったけれど、いるときは「待ってるわ」と、いつもいってくれた。

「サラさんって、休みの日は何してるの」

一度、サラさんにたずねてみたことがある。

サラさんは首をかしげて、ちょっと笑った。

「こうやって、あなたとお茶してる」

「違うの、今日のことじゃなくって」

サラさんは一瞬黙った。

「ふつうよ。服を時々作るけど、それ以外、特別なことはしてないわ」

サラさんは「ふつうよ、ふつう」と、小さな声で繰り返した。

本当のことをいえば、その「ふつう」とは何か、もうちょっと具体的に訊きたかった。友達のこととか、何をして遊ぶのかとか、恋人《こいびと》はいるのかとか……。でもなんとなくそれ以上は訊けなかった。訊いたらこっちも家のことや学校のことを話さなくてはならないような気がした。

(まあ、べつに訊く必要はないんだ)

そう思い直した。

サラさんは、私がこれまで出会った中でいちばんカンペキで、いちばんやさしい大人のひと。それで十分なのだから。

七月はじめの日曜日。

梅雨だけれど、今年は空梅雨《からつゆ》らしく、晴れが続いていた。

昼前にサラさんの方から電話があった。

「今から海にドライブ、いかない？」

もちろんすぐに「いく！」と答えた。

サラさんの車はブルーグレイの小さな車だった。アパートからすこしはなれた駐車場《ちゅうしゃじょう》にとめてあった。

「サラさんが車を運転するって、なんとなく想像してなかったな」

助手席に乗りこみながらいうと、サラさんは「そう？」と笑って、エンジンをかけた。

車にはＣＤデッキがついているが、ＣＤは置いてなかった。私は洋楽のＣＤをたくさん持ってきていた。

「私の、かけていい？」

「どうぞ」

ＣＤをかけている間、その歌手の変遷や前のアルバムと今回のアルバムの違いや売れ方、その評価について私はしゃべり通した。

「すごいわね。ほんとによく知ってるのね」

サラさんは目を細めて感心してくれた。

途中《とちゅう》で三十分ほど高速にのった。高速を下りると、海沿いのくねくねした道を走った。海岸に着いたとき、二時を過ぎていた。

サラさんは白く塗《ぬ》られたシーサイドレストランの駐車場に車をとめた。

「ここのレストラン、長く駐車していてもうるさくいわないのよ」

「サラさん、よく来るの？」

「よくでもないけど、時々ね」

浜辺ではちょうど何かの行事が終わったところらしかった。背にオーシャンクリーン何とかと英語が印刷されたTシャツを着た男の人達が数人いて、テントを片付けていた。

砂浜に下りた。

海はまぶしかった。

沖《おき》の方は一面、銀色の魚の大群がぴちぴちはねているように見える。

私は深呼吸した。

ついでに、胸にこびりついているいやな記憶がすべて洗い流されることを祈《いの》った。

私達は防波堤《ぼうはてい》にもたれることのできる場所を探して、砂の上に座った。

「気持ちがいいわね」

サラさんはそういうと、手をかざして水平線を見た。

黒のノースリーブのワンピースのすそが海風にひらひらはためいている。髪からほんのすこしのぞくクリスタルのピアスが光っている。かっこいい。まるで広告写真みたいだ。

「そのワンピースもサラさん製？」

「ええ。作ったのはもう十年も前になるけど」

十年前といったら、私はまだ三歳。サラさんは私と十五歳違うから、十八歳でこのワンピースを作ったのだ。

「高校を卒業して最初の夏だったと思うわ。故郷からこっちに出てきて、デザイン専門学校に通いはじめたころに作ったの」

「サラさんの故郷ってどこなの」

「西のほう。海のそばの小さな町」

「ふうん」

「実家は高台にあるの。窓ぎわのベッドに寝ていても海が見えたわ。夏はこっちよりもずっと暑かったけど、海は青くてきれいだった」

私は手で砂をかき集めて、山を作りはじめた。

「サラさんって中学とか高校のころ、どんな子だったの」

サラさんは、「そうねえ」とつぶやくと、思い出すようにしばらく黙った。

「うちでミシンばっかりふんでる子だったわ」

「やっぱり、そのころから服を作ってたんだ。サラさんが初めて作った服ってどんな服？」

「ブラウスよ。中学生のとき」

「すごい。私と同じ中学生で？」

サラさんは私の顔を見た。

「考えたらそうね。今のあなたとちょうど同じ年だわ」

「ほんとにすごいね！　ブラウスを作れる中学生なんて普通いないよ」

サラさんは笑った。

「そんなことないわよ。あなただって、あんなに音楽のことを知ってるじゃない。今すぐ評論家になれるわよ」

私は恥ずかしくて頭を振った。あんなの雑誌の受け売りだ。

「それでどんなブラウスだったの？　色は何色？」

「白よ。学校に着ていくためのブラウスだったから。私のうち、あまりお金がなかったの。入学するときにブラウスは買ってもらったけど、古くなってもなかなか新しいのを買ってもらえなかったの。おしゃれな友達は学校指定のブラウスじゃなくて、ちょっと袖《そで》がふくらんでたり、襟《えり》の先が丸かったり、かわいいブラウスを着ていて、うらやましかった。それで中学二年の夏休みに白い生地《きじ》を買ってきて自分で作ったの」

「うまくいった？」

「二学期の最初の日、ドキドキしながら学校に着ていったわ。始業式で後ろに立っていた友達が私の背中をちょんちょんって突っついて『かわいいブラウスね。どこで買ったの？』って小声で訊いたの。『自分で作ったの』って答えたら、すごくびっくりしてた」

サラさんはとてもうれしそうにいった。

「あっという間に広まって、教室に戻ると、私のブラウスを見に人がいっぱい来たの。『いいなあ、私もこういうのが欲しいなあ』っていわれるたびに、胸がドキドキして夢みたいだった。それまでは人と話すのが苦手だったし、運動も勉強もぱっとしなくて何にも自信がなかったから、私の道はこれだ！ って思いこんだのね。それからはもう、服を作るのに夢中だった。せっせと一人でデザインしてはどんどん作ったわ」

サラさんは笑った。

「自分に才能があると思いこんだのね。ばかみたいに」

「ばかじゃないよ。このあいだ見せてもらったクローゼットの服だって、今日着てるのだってすごいもん。サラさんには才能、大ありよ」

サラさんは首を横に振り、少し黙った。

「全然、たいしたことないわ」

波うちぎわを四、五歳くらいの女の子とその母親らしい人が散歩していた。母親は大きくてまっ白な犬のひもをひいている。女の子は機嫌よさそうに母親と犬のまわりをぴょんぴょんはねるように歩いている。

突然《とつぜん》、女の子が海面すれすれに飛んでいたかもめを指さした。

「なりまーす！　なりまーす！　大きくなったら、鳥になりまあす！」

女の子は叫《さけ》びながら走りだした。

犬がつられて興奮《こうふん》したように女の子について走りはじめた。

母親も「やめなさい、止まりなさい」といいながら、ひっぱられるように走っていく。

女の子は犬と母親に追いかけられると、うれしそうにさらにスピードアップして走りまわった。両腕《りょううで》を水平にして、指先までぴんと伸ばし、

「大きくなったら鳥になりまあっす！」

と叫んだ。

女の子のすきとおった声が、あたり一面に響いた。

サラさんが目を細めた。

「いいなあ。あの子、大きくなったら鳥になるんだって」

「サラさんも鳥になりたいの」

冗談《じょうだん》っぽくいうと、サラさんは笑いながら首を振った。

と、急にぼんやりした目になって黒いスカートに顔をうずめた。

「私は冬眠《とうみん》したいな。死ぬまでずっと冬眠し続けたい」

「えっ？」

驚いてサラさんを見た。サラさんはぱっと顔を上げた。

「あなたはどう？　大きくなったら何かになりたいって決めてるの？」

そんなこと、まだ考えたことがない。

早く大人になりたいとは思う。すっごく思う。

でもどこかでわかってるのだ。このままじゃ大人になったって、たいした将来は待ってなさそうなこと。

私は砂を集めてどんどん山を高くした。

「私の未来なんてないよ」

変なこといってしまったと思ったけれど、遅かった。

「本気でそう思ってるの？」

力をこめて砂山をぎゅっと固める。

「……サラさんみたいに服を作るとか、得意なことがあったらいいけど、何にもないし。大人には早くなりたい。でも、なんていうか、たいした大人にはなれそうもないって、わかってるんだ」

「そんなことないわよ。あなたって、ふつうの子よりもずっとたくさんの可能性を秘めてると私は思う。きっと自分でもびっくりするくらい、いろんなことができるわよ」

「ほんとに……、ほんとにそう思う?」

「うそじゃないわ。若いんだし、これからよ。あなたなら、何だってできるわよ」

サラさんはいいきると、にっこりとほほえんだ。

その笑顔《えがお》はとても心強かった。

「さあ、何か食べにいかない? さっきのレストランね、まっ白けで建物は冴えないけど、パスタは結構おいしいのよ」

立ちあがると、海がさらにまぶしかった。

もうすっかり夏なんだ。

「うん、いこう」

私は砂の山を思いっきり蹴ちらした。

6

夏休みに入った。
このごろあまり夢を見ない。快調。
日曜日の午後、サラさんのアパートにまた遊びにいった。
サラさんの作ってくれたアイスハーブティーを飲んでいると、
「こんど、社販《しゃはん》があるんだけど、会社来る？」と、サラさんがたずねた。
「やった！」
私がサラさんの会社にいってみたいと、何度かいったのを覚えていてくれたのだ。

サラさんの会社は結構、有名なブランドの服の会社だ。どんな場所でどういうふうにサラさんが仕事しているのか、見てみたかった。

「だけど、シャハンってなに？」

「社員販売《はんばい》のことよ。社員がうちの会社の服を買うときは半額になるの。今買えるのは秋物よ」

私はアイスハーブティーを飲みほした。ずずーっとストローが鳴る。

「まだ夏になったばかりなのに、もう秋物なの？」

サラさんは当然よという顔でうなずいた。

「ほら、お店で今、夏物のバーゲンやってるでしょ。それが終わったらすぐに秋物を並べるわ。それに秋物っていっても、まだまだ薄地《うすじ》のものが中心で、すぐに着られるものも多いのよ」

そんなものなのだ。私は感心した。

サラさんと私は、次の火曜日の午後七時と約束《やくそく》した。

サラさんの会社は、地下鉄で二十分、駅から徒歩五分。予想していたよりも小さなビルだった。

私は約束の時間よりもかなり早めについてしまったが、サラさんはもうロビーで待っていた。

チノパンにポロシャツ姿。サイドの髪を大きな髪どめでとめている。いつもとちょっと雰囲気《ふんいき》がちがって、動きやすそうな格好だ。

「今日は、私のイトコになってね。社員はほとんど帰ったからたぶん会わないとは思うけど。一応、家族以外には社販してあげちゃいけないって決まりになってるの。実際はみんな友達を呼んだりしてるんだけど」

「うれしい。サラさんのイトコ、光栄です」

ロビーの中央にはエレベーターが二基並んでいた。でもサラさんはそれには乗らずに裏に回り、まさに金属の箱という感じの業務用のエレベーターに乗りこんだ。

五階でサラさんは降りた。

そのフロアはしきりがなく、だだっぴろかった。うす暗くて、ほこりっぽい。倉庫のような雰囲気だ。

あちこちに会社の名前の印刷された段ボール箱が積み上げられている。洋服がびっしりとぶらさがったバーも数えきれないほどあった。

その迷路《めいろ》のような中をサラさんは足早に歩いていく。

「慣れてるね」

「だってここ、私が働いているところだもの」

「えっ、ほんと?」

デザインの仕事というのは何というか、もっとこぢんまりとした明るく清潔な部屋でするイメージがあったけれど。

「サラさんって、ここで服をデザインしているんだよね?」

サラさんは突然《とつぜん》、足を止めた。

振り返ると、私をじっと見つめる。鋭い目だ。

「私、そんなこといった？　デザインの仕事してるって、いついった？」

サラさんは、きつい口調でいった。

「えっ、えっと……」

驚いて、うまく答えられない。

「いってないはずよ。会社でデザインの仕事についてるなんて、一言もいってないはずよ」

まるで責めるようないいかただった。突然のことにどうしたらいいのか、わからなかった。こんなサラさんを見るのは初めてだ。

「私がやってるのは商品管理と搬送《はんそう》よ」

「……商品管理とハンソウ？」

おそるおそるたずねた。

「工場で作られた服がここに送られてくるの。それをミスがないか調べる。それが商品管理。それから決められた枚数ごとに分けて、各ショップに送る。それが搬送」

「……うん」

「わかった？　私はデザインの仕事をしてないのよ」

サラさんは切り捨てるようにいった。

そのとき、段ボールの陰から、若い男の人があらわれた。

「あれえ、林元《はやしもと》さん、まだ帰ってなかったンすか？」

男の人は明るい口調でサラさんにたずねた。私はほっとした。

「秋物を社販しようと思って残ってるの。そういう田中《たなか》くんこそ、どうしたの？　今日はノー残業デーでしょ」

「いやあ、それが仕事が残っちゃいまして。早く帰ろうと思ってはいたンすけどね」

男の人は頭をかきながら、サラさんの後ろにいる私を見た。

「あれ、ご家族の方?」

「イトコよ」

「へえ、かわいいイトコさん」

男の人は私に向かって「こんにちは」と小さな子どもにいうように、やけにゆっくりといった。私もあわてて「こんにちは」といいかえした。

サラさんと男の人は、そのまま仕事の話をはじめた。私は二人から少し離れ、山積みにされた段ボール箱を眺めるふりをした。

どうして、サラさんは突然あんないいかたをしたんだろう。私のいいかたのどこが悪かったのだろうか。

でもよく考えたらサラさんのいう通りだ。デザインの勉強をした、服の会社で働いている、と聞いただけで、デザインの仕事をしていると聞いた訳じゃない。私が勝手に思いこんでいたんだ。

サラさんをそっと見た。男の人が何か質問したらしく、それに対しててきぱきと答えている。

……そうか。

ぼんやりとわかった気がした。

サラさんはきっと商品管理と搬送という仕事にプライドを持っているんだ。

デザインの仕事じゃないと聞いたとき、正直いってちょっとがっかりした。

サラさんはそれを見抜いたんだ。

サラさんのやっている仕事だって、きっと大切な仕事に違いない。デザインだけが大事な仕事ではない。たぶん、そういいたかったんだ。

サラさんの話は終わった。男の人は私にも軽く頭を下げると、エレベーターの方に向かって歩いていった。

「待たせてごめんね」

サラさんからさっきのきつい感じは消えていた。いつものやさしいものごしに戻っていた。私は安心した。

「今の人もサラさんと同じ仕事している人なんでしょ」

「ええ。今年入ったばかりの新人なの」


半額で買える秋物は、想像していたよりもずっとたくさんあった。

棚《たな》にはセーターやトレーナー類がそれぞれ商品別に積み重ねられ、キャスター付きのバーにはブラウスやジャケット、スカート、ワンピース、パンツなどがハンガーにかけられ、やはり商品別にびっしりとぶら下がっていた。

「ここにあるの全部、ほんとに半額？」

「そうよ。ゆっくり選んでね」

棚とバーをひとつずつ見ていくことにした。

どれもかっこよかった。ただ私にはまだ大人すぎて、似合いそうにないのが残念だ。

最後の棚で、ようやく私にも合いそうなのを見つけた。

タートルネックの、黒い長袖Tシャツ。胸のところに金色のビーズで、ハート形が刺繍《ししゅう》してある。値札《ねふだ》を見るとやっぱり高い。でもこれの半額なのだから、持ってきたお金で何とか買える。

「決めた、これにする」

少し離れた場所にいたサラさんが寄ってきた。

サラさんは黒いTシャツを見ると、「えっ」と声をあげた。

「……ほんとにこれにするの」

「変？　似合わない？」

「……ええっとそうね、私だったらそれじゃなくて、こっちにしたほうがいいと思うけど」

サラさんが別の棚から持ってきたのは、真っ白なブラウスだった。小さな襟《えり》がレースになっていて、ひとつひとつ種類のちがう花形の銀色のボタンがついている。

「いいけど……」

でもちょっと地味《じみ》だし、私の持っている服と合いそうにない。サラさんぐらいの人だったらかっこよく着こなせるのかもしれないけれど。

口ごもっていると、サラさんは、

「黒いTシャツはだめよ。絶対、こっちのブラウスの方がいいわ」

と、ますます勧めた。

ブラウスの値札を見た。黒いTシャツより高い。

どうしよう。サラさんがそんなにいうなら……。

でも、決心した。

「やっぱり黒いTシャツにする」

サラさんはあきらめたようにうなずいた。私は値札の半額のお金を財布《さいふ》から出した。けれどサラさんは受け取らなかった。

「そんなつもりで社販においでっていったんじゃないの。最初からプレゼントするつもりだったんだから」

ちょっと迷《まよ》ったけれど、やっぱり買ってもらうのは悪い。

でもサラさんの方がもっと頑固《がんこ》だった。お金を絶対に受け取ろうとしない。結局、Tシャツを買ってもらってしまった。

7

夏休みの終わり、地下鉄に乗って、市の繁華街《はんかがい》にでた。二学期から使うノートやペンなどを一新させようと思った。さすがに魚顔の店員のいる文房具店《ぶんぼうぐてん》にいく勇気はなかった。

デパートの文具売り場と雑貨店を回って、ひととおり買ってから、ハンバーガー屋に入った。

チーズバーガーにポテトとドリンクのセットを買い、トレーを持ってせまい階段を上がった。階段の途中《とちゅう》から、もう人声がわんわんと響いてきた。二階はほぼ満席。ほとんどが中高生。

持ち帰りにすればよかったと後悔《こうかい》したけれど、遅かった。さっさと食べて帰ろう。トイレに近い壁《かべ》ぎわに、なんとか二人席を見つけて座った。

チーズバーガーを半分食べおわったとき、名前を呼ばれた。顔を上げると、目の前に人が立っていた。誰なのか、わからなかった。

(うそだ。本当はすぐにわかった。でも、私の心は拒否《きよひ》していた)

「久しぶり」

「ほんと久しぶり」と、私は小声で答えた。

「ちょっと話があるんだけど」

その子は、前の席に勝手に座った。後ろを向くと、窓ぎわのテーブルに向かって、「悪いけどちょっと待ってて」と、友達らしい子に大声でいった。それから私の方に向き直った。

「話っていうのは、そっちもわかってると思うけど」

わからない。いったい、何を話そうというんだろう。

「わかってるよね？」

私は黙っていた。わからないものは答えられない。

相手は突然《とつぜん》、バンッとテーブルを叩いた。ポテトが箱ごと飛び上がった。

「ちょっと、知らないふりしないでよっ。うちに無言電話してくるの、あんたでしょ」

えっ、何をいってるの？

「最近はあんまりかけてこないけど、でもずっとかけてきてた。あれ、あんたでしょ、わかってんのよ」

相手は私をにらみつけた。

「あんたは卒業式の次の日に、引っ越していった。ちょうどそのときから、うちに無言電話がかかってくるようになったんだからね」

ぶるるん。

止まっていた思考回路のエンジンがようやく動きだす。ぶるぶるるん。目の前にいるのはサトウユカリだ。

「警察《けいさつ》にいってやろうかって何度も思った」

ここでユカリはわざとらしく言葉を切った。

「ねえ知ってる？　いたずら電話で逮捕《たいほ》された人、いるんだよ。このあいだ新聞で見たんだから。このごろはあんまりかかってこないけど、でも、あんたに会うことがあったら、絶対にはっきりさせようと思ってた。そういうことよ。いい、わかった？　やめてよね。犯罪《はんざい》、なんだからね」

ユカリは犯罪、という言葉に力をこめた。

私は黙ったままでいた。

まったく、この人はいったい、何をいってるのだろう？　どうして私がコイツのうちに無言電話しなきゃならない？

それにしてもサトウユカリの色の白い顔、くりっとした大きな目。ぜんぜん変わっていない。でもちょっと全体的に顔が細長くなったかな。ところで顔が細長い動物は？　答えは馬だ。ああチーズバーガーが冷めちゃうよ。チーズが固まっちゃう。こんなことなら、チーズ抜きのふつうのハンバーガーにすればよかった。

私の頭はユカリの声を受け入れないように働いていた。別のことを必死に考えていた。

ユカリは苛立《いらだ》ってきた。

「ちょっと聞いてんの？　黙ってないで何かいったらどうなのよ。もしまた無言電話してきたら、マジで警察にいうからねっ」

ああ、まだいっている。この人はいったい、何をいってるのだ。私が無言電話をしたかって？　してるわけがない。

どうして私がコイツのうちにそんなことをするのだ。いや、それはもちろん、イヤガラセのためだけど。

そう、イヤガラセ。

そう、仕返し。

急に思い出す。

私は無言電話をしたのかもしれない。

そうだ、本当はしたのだ。最近はしていないけれど、ずっとしていたのだった。

母親が仕事から帰ってくる前の、弟が外出している夕方。

母親が自分の部屋にこもって仕事、父親がゴルフ、弟が居間でテレビに熱中している日曜日。

弟が寝たあとで、父親が風呂《ふろ》、母親が出張でいない深夜。

廊下《ろうか》におかれた電話台。冷たい受話器をそっと持ちあげ、プッシュボタンを押す。

「はい、サトウです」

たいていはユカリの母親が出てくる。ユカリによく似た声だけど、本人じゃないとわかる。私はすぐに切る。

ユカリが出てくれれば、「当たり」だ。五秒数えてから切る。

「ちょっと、こっちのいうことわかってんの！」

現実に引き戻された。

ユカリはとびだしそうなくらいに目をむきだしにして、私をにらんでいた。その目を見ていると、胸が破裂《はれつ》しそうだ。

でも負けられない。できるだけゆっくりと迫力《はくりょく》が出るようにいいかえすのだ。

「……その電話、私だっていう証拠《しょうこ》が、あるわけ？」

小さなかすれ声しか出なかった。ユカリはまたドンッ！　とテーブルを叩いた。

「何いってんのよっ」

隣のテーブルに座っているカップルが、こっちをぱっと見た。

ちょっとおー、やめてよお。そんな顔してどなっちゃってえ。そんなの、私が親友になれそうだと思った、あのヤサシソウナ、サトウユカリじゃないよ。似合わないよ、ねえ、やめたら？　ねえねえ、ところで百獣《ひゃくじゅう》の王といえば？　答えはライオン。また、私の頭は冷静さを保とうとする。

ユカリは乱暴《らんぼう》に椅子《いす》の音をたてて、立ちあがった。

「わかったよ。じゃ、また電話してくれれば？　逆探知《ぎゃくたんち》でも何でもして、あんただってこと証明してやるからっ」

その晩、石の塊《かたまり》をのみこんだみたいに、息苦しくて眠《ねむ》れなかった。

ユカリの顔がまぶたの裏に焼きついてはなれない。

ここのところずっと快調だったのに。

あの顔、あの声を思い出すと、胸をかきむしりたいほど、いらいらする。

クール、クール、クール、クール、クール。

声に出して、モットーを唱えてみるけれど、効果はなかった。

とにかく気分転換《てんかん》が必要なんだ。

ベッドの上で体を起こした。

何が一番いいだろう？　シュークリーム、くだらない記事がいっぱいの雑誌、新しいCD。

それよりもサラさんの声が聞きたい。サラさんに会いたい。

サラさんのアパートまでいってみようか。それはすごく魅力的《みりょくてき》な考えだ。

でも、一時を過ぎている。もう寝ているかもしれない。やっぱりやめた方がいい。あんまり甘えてばかりいると、嫌われてしまうかもしれない。

そうだ、社販《しゃはん》で買ってもらった黒いTシャツを着てみようか。買ってもらってから、まだ一度も着ていない。

私はベッドから出た。

タートルネックの長袖Tシャツなので、エアコンを強《きょう》にして、部屋を冷やした。

パジャマの上着をぬぎ、Tシャツをビニール袋《ぶくろ》から取り出す。

Tシャツをかぶったとたん、背中にちくっと小さな痛みが走った。

カーペットに、何かがぽとりと落ちた。

銀色の小さな針だった。

どうやら折りたたむのに使われていた針を、はずすのを忘れたらしい。

Tシャツをたくしあげ、背中を鏡にうつしてみた。首のすぐ下にひとすじ、ひっかき傷ができ、うっすらと血がにじんでいる。

ばかだな。たくしあげたすそを下ろした。

それにしても黒いTシャツはやっぱりかわいい。我ながら結構似合うと思った。

サラさんには悪いけど、白いブラウスにしなくてよかった。

このTシャツを着ているの、サラさんに見せたいな。そうだ、やっぱりいってみようかな。

もう寝ているかもしれない。でもアパートのそばまでいってみて窓の明かりが消えていたら、帰ってくればいいのだ。

一度そう思うと、サラさんのアパートにいくことしか、もう考えられなかった。

パジャマのズボンをぬぎ、ジーンズをはくと、そっと廊下に出た。

サラさんは起きていた。

窓の明かりが温かく見えた。

うれしくなって、アパートの階段をできるだけ足音をたてないように、でも一気にかけのぼった。

チャイムを鳴らすとびっくりさせるので、小さくノックした。しばらくして、サラさんの顔だけがドアから出てきた。

「ああもう、びっくりした。こんな時間にノックが聞こえるんだもの、いたずらかと思っちゃった」

「ごめん、すぐ帰るから」

「いいわよ、どうぞ入って」

部屋に入ると、サラさんはクリーム色のパジャマを着ていた。やっぱりもう寝ようとしていたのだ。

「ごめんなさい、ちょっとこの服を見てほしかっただけなの」

サラさんが振り向いた。

「あ」

黒いTシャツに気がついた。

「どう？　なかなかいいでしょ」

「そうね、ほんと、似合う」

サラさんはうなずくと、すぐに目をそらした。やかんに水を入れ、ガスに火をつけた。

「だけど、どうしてこんな時間に着てみたの」

「なんとなくね」

「そう」

サラさんはお茶を淹れると、枕元に散らかっていた本を手早くまとめ、ベッドにもたれて座った。私はいつもの壁にもたれて座った。

「ねえ、サラさん」

「なあに」

「サラさんって、すっごくいらいらしたときなんか、気分転換にどんなことする？」

「どうしてそんなこと訊《き》くの」

「うん、なんとなく」

サラさんはカップをのぞきこむようにしてお茶を飲んでいたが、ゆっくりと顔を上げた。私の顔を見ると、小さくため息をついた。

「さっきから、なんとなくばっかりね。ほんとは、なんとなくじゃない話があるんじゃない？」

気がつくと、サラさんはとても真面目な顔をしている。

「もしよかったら話してみない？」

急に緊張《きんちょう》する。

これまでサラさんにいろんな話をしてきたけれど、ほとんど雑誌とか音楽の話だ。

サラさんとはさっぱりとしたつきあいがしたい。それが楽しい。心に巣くっているものをいったん打ち明けると、とめどなくどろどろしていきそうで怖い。

「……うん」

口ごもると、サラさんはすぐにふだんのやわらかな表情に戻った。

「ごめんね。無理しなくていいのよ」

「……うん」

でも、無理しなくていいといわれると、逆に聞いてほしい気分になる。だけど、こんな話をしたら、サラさんはどう思うだろう。

「話すと……、軽蔑《けいべつ》されてしまうかもしれないんだ」

「そんなことないわ」

サラさんはきっぱりといった。

「絶対に軽蔑しない。どんなことでも軽蔑したりしない」

そうなんだ、サラさんならきっとわかってくれる。それは信じられる。

「私……、ずっと無言電話をかけてたの」

思い切っていった。

「無言電話？」

サラさんの顔がくもった。

「……誰にかけていたの？」

「小学校のとき、私をいじめていた友達」

胸がどくんどくん鳴りはじめる。あわてて息を小さく吸った。

「最近はほとんどかけてないよ。よくかけてたのは、中学に入ってから今年の春ぐらいまで。それが……、今日、その子に偶然《ぐうぜん》、会ったんだ」

「何かいわれたのね」

「無言電話してくるのがあんたなのはわかってるって」

「それで？」

「それで私は、そんな証拠はどこにあるのっていいかえした」

口に出してから、急に泣きたくなった。

——証拠はどこにあるのか?

なんて幼稚《ようち》で情けない言葉だろう。どうして強くバシッといえないのだろうか。今ならいくらでも言葉は浮かぶ。たとえば、

——電話をしたのは私よ。だけど、あんたはそれぐらいのことをされてもいいのよ!

だけど、そもそも無言電話なんてするべきじゃなかったのかもしれない。ひどく暗くて、情けない手段。別の方法で堂々とやりかえすべきだった。

もちろん、そんなことはわかっている。でもそれができなかったから、無言電話をしてしまったんだ。

サラさんを見ると、考えこむようにうつむいていた。やっぱり私のことを軽蔑したのだろうか。

しばらくしてサラさんは顔を上げた。目が赤い。はっとした。サラさん、泣いているんだ。

「わかるわ、わかる。あなたは悪くない。やりかたをまちがっただけなのよ」

胸が熱くなった。

「そんなことしても気持ちはちっともすっきりしなかった。よけいに落ちこむだけなの。でもやめられないし、どうしたらいいのかわからなかった」

「やりなおせるわよ、あなたは若いんだもの。早く前のことは忘れてやりなおすの」

「でも忘れられないの。忘れようとしてるけど、忘れられない。時々忘れたかなと思っても、やっぱり忘れてないの」

サラさんは目をふせて少し黙ると、つぶやくようにいった。

「……結局、こういうことなのよ。どこかで決着をつけないといけないの。先延ばしにしていても、だめなのよ。怖がってるだけじゃ、だめなの」

まるで自分自身にいって聞かせるようないいかただった。

だけどそう、それもわかってる。

でもどうしたらいいんだろう。具体的にどうしたらいいんだろう。

部屋の雰囲気《ふんいき》はすっかり重くなっていた。夜中にやってきてこんな話をして、サラさんにすごく悪いことをしていると思った。早く帰った方がいい。

サラさんが立ちあがった。リモコンで冷房《れいぼう》を切って窓をあけた。なまぬるい風が入ってきて、カーテンが揺れた。

「ありがとう、サラさん！」

私は窓にもたれてぼんやりしているサラさんにできるだけ明るい声でいった。

「サラさんに話して、だいぶすっきりしたよ」

一時しのぎかもしれない。どうしたらいいのかもわからないままだ。でもずいぶんすっきりした。

「うまく相談に乗れなくてごめんね」

サラさんは沈んだ声のままだ。

「ううん。こっちこそ、こんな遅くにごめん。じゃあ、帰るね」

立ちあがろうとすると、

「ちょっと待って」

と、サラさんは呼び止めた。

「ひとつ訊きたいことがあるんだけど……」

「なに？」

「あの、このあいだの社販のとき、私がデザインの仕事をしてないって知って、どう思ったかなって……」

「えっ？」

どうして今、そんなことを訊くんだろう。

「……どう思ったって、別に……。その、ほんとのことといえば、ちょっとびっくりしたけど。サラさんはデザイナーだって、勝手に思いこんでたから」

でも悪気なんてなかったのだ。

「だけど、私、わかってるよ。サラさんがやってる仕事がデザインと同じくらい大事な仕事だって、わかってる」

サラさんはかすかにうなずいた。

「ね、ホントのホントにわかってるよ」

不安になって、もう一度繰り返した。

「うん、もういいの。変なこといっちゃったわ」

サラさんは顔を私に向けて、ほほえんでみせた。どこかひきつったような笑顔だ。

サラさんの気持ちがよくわからなかった。

どうしてそんなこと、訊くんだろう。まだこだわっているんだろうか。

「ひきとめてごめんね。早く帰った方がいいわね」

ぎくしゃくした雰囲気が漂っていた。

このまま帰るのはなんとなく後味《あとあじ》が悪い。ぱっと話を思いついた。

「ね、そういえばさ、私ってばかなんだ」

ちょっとわざとらしいけれど、話題転換。

「どうしたの」

「この服を着るときにね、たたむのに使われていた、針っていうのかな、ピンっていうのかな、あれをはずすのを忘れて着てしまったの。おかげで背中にひっかき傷を作っちゃった」

へへっと、おどけたように笑った。

でもサラさんは笑わなかった。おびえた表情になった。

「だいじょうぶなの？　ひどい怪我をしたんじゃないの？」

「ぜーんぜん。ほんのひっかき傷」

「本当に？　本当にだいじょうぶ？」

サラさんはまだ不安そうな顔だ。

話題選び、失敗。さらに変な雰囲気にしてしまった。早く帰った方がよかったらしい。

うす暗い教室。

誰もいない。

私は一番後ろの席に座っている。

窓にはすべてカーテンがひかれている。黒板の前にスクリーンがあり、そこだけがぼうっと白く浮かびあがっている。

ここはどこだろう?

そうだ、小学校の視聴覚《しちょうかく》教室。

そう思った瞬間《しゅんかん》、パチッとスイッチの入る音がした。

スクリーンに映像がうつった。

サトウユカリの顔がいっぱいにうつっている。サトウユカリの大きな口が動く。

と思うと、声は後ろからした。

「無言電話はやめろ！」

振り向くと、本物のユカリだ。

「みんな聞いてーっ。こいつ、チョー卑怯《ひきょう》なんだよおっ」

サトウユカリは、私を見ずに大声をはりあげる。

誰にいっているのか。

前に向き直ると、今まで一人もいなかった席にいつのまにか、クラスの子がびっしり座っている。江美もいるし、啓子もいる。山のてっぺんの新興住宅地に住む男子もいる。

みんな、体をこちらに向けてユカリを見ている。

「こいつさあ、うちにいたずら電話してくるのー。黙りこんでるのー。でも、こいつからだって、すぐにわかるのー」

「なんでわかるの？」

誰かが訊いた。

「くさいからよ」

ユカリが勝ち誇ったようにいう。

「受話器からこいつのにおいがぷんぷんしてくるのーっ」

クラスじゅうが笑いだした。

笑い声が教室いっぱいにひびく。

私は頭を抱え、耳をふさぐ。

「やめてっ」

私の声は笑い声にかきけされる。誰の耳にも届いていない。

笑い声はいっそう大きくなり、耳を押さえた指のあいだから入ってくる。耳の奥が針でつかれたように痛い。

そうだ、これは夢だ。夢だとわかっている。

早く、終われ。目が覚めろ。

死にものぐるいで、祈《いの》る。

何百回も何千回も祈って、あきらめかけたころ、ようやくベッドの上で目を覚ました。

私は、ユカリに会ってからまた夢を見るようになっていた。

❤ 8

二学期が始まった。

その日の三時間目は、音楽の授業だった。

音楽室の私の席も窓ぎわだ。でももうすぐ二学期の席がえがある。悲しいけれど、それまでは窓ぎわを満喫《まんきつ》しようと思う。

グラウンドの上に広がる空は、まだぎらぎらとまぶしく、夏のままだ。

でもついにまた学校が始まったのだ。

前と同じ学校。何も変わっていない。モットーを唱え続けないと、生きていけない学校。

唯一《ゆいいつ》のなぐさめは、サラさんと過ごした時間を思い出すこと。日曜日の午後、ケーキを食べたこと。海へドライブにいったこと。サラさんの会社へいって服を社販《しゃはん》してもらったこと。話を聞いてもらったこと。

そういうことを思い出すと、学校で何とかやっていけそうな気がする。

でもあの晩から、サラさんに会っていなかった。電話をかけて訊《き》くと、サラさんの仕事は秋口がいそがしいのだ。土日も会社にいっているらしい。

音楽室はずっとざわついていた。時間になっても、なかなか先生がこなかった。

一年のときの担任のキリギリス音楽教師だ。

「やった、今日は音楽、休みだぜ」

男子の一人がいった。とたんに、あちこちで話し声がふくらみはじめた。

そのとき、どこかで大きなものを落としたようなにぶい音がした。

音楽室の話し声が一瞬《いっしゅん》、とだえた。

♥ 8

どうしたんだろう。

グラウンドを眺めていた私は、教室に目を戻した。

次の瞬間《しゅんかん》、私のいる窓とは反対側の窓ぎわに立っている女子がヒッと悲鳴をあげ、その場でしゃがんだ。

あの窓の向こうは、グラウンドではなく、中庭だ。男子も女子もどっとその窓に走りよった。

私も立ちあがり、近寄った。

三階下の中庭の地面に、増村みずえが横向きに倒れていた。

「飛び下りたの見ちゃったの。急に飛び下りたの」

最初にしゃがんだ女子が、うわごとのようにいっている。

頭の中が白くなった。

増村みずえは、この窓から飛び下りたのだ。

自殺？　どうして？　本当に死んでしまったのだろうか？

三階だ。打ちどころが悪かったら確実に死ぬ。

私はクラスメイトをかきわけて窓に近づき、もう一度下を見た。

いつのまにか音楽室の真下の二階の美術室からも黒い頭がいくつも出て、中庭を見ていた。

向かい側の校舎から男の先生が走ってきた。体育の教師だ。みずえのそばにかけより、ひざまずいて、何か話しかけた。すると、みずえは目をあけ、小さく口を動かした。

よかった、死んではいないようだ。体の力がぬけた。

しばらくたつと、音楽室にキリギリスの音楽教師ではなく、なぜか教頭がやってきた。教頭もすでに、みずえのことを知っているらしかった。

「すぐに自分たちの教室に戻りなさい。静かに自習をして待機していなさい」

と、早口でいった。

教室に戻っても、誰も自習などしなかった。みんな、それぞれ仲のいいグループにわかれて、増村みずえがどうして飛び下りたのか、どうして自殺しようとしたのか、話しはじめた。

みずえが飛び下りる瞬間を見ていた女子が説明を求められ、状況《じょうきょう》を得意気に話している。ショックでしゃがみこんでいたのに、すっかり元気になったらしい。

といっても、たいした話ではなかった。

みずえは音楽室に一人遅れてくると、席につかずに中庭を見ながらぼんやりと立っていた。そして急に窓に手をかけて、飛び下りたというのだ。

どの生徒も、三人組の残りの二人に話を訊きたい様子だった。が、二人は音楽室から教室に戻ると、すぐに二人だけでどこかに行ってしまい、いなかった。

昼食が終わりかけたころ、担任の熊がやってきた。

「増村は総合病院に運ばれたよ。今、治療《ちりよう》をうけているところだ。命に別状はない。足を骨折しただけだ」

教室中、ほっとした声でどよめいた。あまり関係のなさそうな女子が一人、なぜか泣きはじめた。

熊は続けた。

「本当なら死んでいたところだ。いったん、体が中庭の木にひっかかり、それから湿った地面に落ちたのが幸いしたらしい。だが、当分は学校には来られない。検査があるし、骨折もしている。しばらくのあいだは入院することになる」

そこまでいうと教室を見回した。

「……ところで、増村が飛び下りたことについて、何か理由を知っているものはいないか?」

教室はざわめいたが、手を上げるものはいなかった。

私は思い出していた。

夏休み前の朝礼のとき、教室で増村みずえが一人で泣いていたこと。あれは何か関係があるのだろうか。

それよりもうちょっと前、そうだ、五月の終わりごろだったか、「何を見てるの？」と、私に訊きにきたこともあった。他にはもう、みずえに関する記憶はなかった。

みずえの飛び下り事件は、すぐに学校中にひろまった。その日の五時間目に、緊《きん》急《きゅう》全校集会が開かれ、生徒は全員、体育館に集められた。

校長は渋い顔で、壇上《だんじょう》に上がった。

「本日、午前に、二年の女子生徒が教室から落下するという事故がありましたが、まだ調査中です。みなさんの方でいたずらに憶測《おくそく》することは、つつしみましょう。また家に帰ってもむやみにしゃべりまわったりするのは、控えてください」

校長の話はそれだけだった。校長にしては驚くべき短さだ。

校長が壇上から下りると、クラスの男子が「事故じゃないよ、自殺だよ」と節《ふし》をつけて小声で歌った。まわりにいた数人がくすくす笑った。

「増村の病院に見舞《みま》いにいってくれないか?」

増村みずえが入院して一週間たったころ、私は熊に職員室に呼ばれた。

私は驚いて訊きかえした。

「私がですか?」

熊はうなずいた。

「増村に事情を訊きたいんだが、話をしてくれないんだ。幸い、片足の骨折だけだったから、そんなに長いあいだ入院する必要もないらしい。だが、また学校に戻ってくるんだから、こっちとしても色々事情を知りたいんだ。増村と仲のよかった源《みなもと》や砂原《すなはら》を病院にいかせようかとも訊いたんだが、あの二人には絶対に会いたくないというんだよ」

熊は、濃《こ》いひげあとをなでた。

「……どうもそのあたりに飛び下りた原因がありそうなんだが」

私を見上げた。

「しかし、昨日いったら、一人呼んでほしい人がいるといったんだ。それがおまえだ」

意味がわからなかった。どうして増村みずえが私に会いたがるのだろう。

土曜日の午後、総合病院に行った。

増村みずえは、六人部屋の廊下《ろうか》に近いベッドに一人寝ていた。まわりに家族はいなかった。

骨折した右足が高くつりあげられており、顔が少しむくんでいた。でも思ったよりもずっと元気そうだ。

みずえは入り口に立っている私に気がつくと、はっとした顔になった。

私は何といっていいのかよくわからなかった。買ってきた花束を黙って差し出した。

みずえは、あごでうなずいた。

「ども」

花束を片手で受け取る。

「……来ないと思ってたよ」

みずえはぶっきらぼうにいった。

「担任からいわれたんだ?」

私はうなずいた。みずえは、くふんと鼻を鳴らした。

「どうして飛び下りたのか、代わりに理由を訊いてくれって、いわれてるんだ?」

隠してもしょうがないので、私はまたうなずいた。

「来ないほうが、あんたらしかったのにね」

むっとした。何がいいたいんだろう。来いといったのは、みずえだ。それなのに、来ないほうがよかったというのだろうか。

「確かに担任にいわれてきた。けど、別に飛び下りた理由なんて訊きたくないし、帰った方がいいなら、すぐ帰る」

みずえは顔をこわばらせた。が、ふうっと大きく息をついた。

「やっぱりあんたって、すっごい正直だね」

枕の横に生地《きじ》のすりきれたうさぎのぬいぐるみがおいてあった。耳からは、中の綿がはみでている。はじめは白かっただろう体も薄汚れて灰色になっている。

でも、とろんとうるんだようなプラスチックの赤い目がかわいい。

みずえは、私の視線を追ってうさぎをつかむと、ぎゅっと抱きしめた。

「……マジで死ぬ気はなかったんだ。ただ、急にふっきりたくなっただけで」

「何をふっきるの」

「全部」

みずえは吐《は》きすてるようにいった。

「ミナモとかスナとか、全部」

ミナモ、スナというのは、三人組の残りの二人、源と砂原のことだ。

「ふっきらないと、ダメになりそうだった。ずっとこんなの違うって思ってたけど、うまくできなかった。しゃべりまくったり、合わせたり、すっごい、くたびれた。でも、そうしないとダメだったんだ。そういうキャラクターを押しつけられる。そうやらないと、無視されたり、色々ある訳。うまくいえないけど」

私はうなずいた。みずえのいいたいことは、よくわかる。

みずえは、私の顔を見上げた。

「あんたってさ、仙人《せんにん》みたいじゃん。ずっと、いいなって思ってた。いっつも一人でなんか考えこんでてさ。結構クラスで反感買ってることもあるのに、いつだって平気でしょ。自分のペースを絶対にくずさない」

仙人だなんて、とんでもないと思った。ひたすらモットーを守って、なんとか学校で生きているのだ。

「あたしもあんたみたいに自分のペースでやってればよかったんだよね。そしたら、色々悩《なや》まなくてよかったんだ」

「それは違うよ」

思わずいった。

「仙人とか、自分のペースとか、そんなのじゃない。私、中学に入るときに自分で決めたの。クールに生きると、友達を作らないの二つ。ただ、それを守ろうとしてるだけなの」

みずえは真剣《しんけん》な顔をして私を見つめた。

「……そうなんだ」

月曜日も学校の帰りに、みずえの病院にいった。みずえから「また来て」といわれた訳ではなかった。私の方からいったのだった。

「これ、授業のノート。休んでるあいだ、ノートをとるよ」

「別にいいよ。学校にいってたって、そんなにわかってる訳じゃないし」

みずえは顔をしかめていったけれど、ノートを受け取ると、うれしそうにパラパラと何度もめくった。

私が持っていったゼリーを食べているとき、みずえはふっと、

「はしゃぎすぎてしまうんだよね」

といった。

どきっとした。私のことをいってるのだろうか。

「ここでずっと寝ていると、何だかわかってくるんだ。学校にいってたときも色々悩んでいたけど、あのときは考えれば考えるほど、やたらモヤモヤするだけでさ。でも、ここで一人寝て考えてると、なんていうの、本当にわかる気がする。あたしの、すぐはしゃいでしまうところが、ミナモやスナにつけこまれてたんだなって」

みずえは話しつづけた。一学期の中ごろから、二人にからかわれるようになった。そのうちに放課後は使い走りをさせられたり、わざと仲間はずれにされたりすることも多くなった。

でも、みずえはうまく抵抗《ていこう》できなかった。笑われることが、みずえの役目だった。

「ハイになって、ついはしゃぎすぎてしまう。それでそういう役目になってしまう訳」

「うん」

「飛び下りた瞬間、ああばかなことをしちゃったって、すごく後悔《こうかい》した。ミナモやスナのことなんかで死ぬなんて、ほんとにばかだって、しみじみ思ったよ」

みずえは、私の顔をぱっと見た。

「ねえ、わかる？　この感覚」

私は首をかしげた。みずえは遠くを見るような目をした。

「落ちた時間ってのは、ほんの一瞬だった。なのに、すっごく長かったんだ。そのあいだ、しみじみと思った。ああ、あたしはばかだっ！　これでほんとに死んだら、どうしよう！　体中からくやし涙《なみだ》が出てくるくらい、後悔した。自分のこと、真剣にばかだって思った」

「生きててよかった」

「マジでマジでそう思う。怪我も足の骨が折れただけだしね、これって奇跡《きせき》だよね」

「うん」

「今度、学校に戻ったら、もうばかなことしない。ばからしいよ、ミナモやスナなんか、もうどうでもいい。あいつらとつきあうつもりはもうないの、決めたんだ」

何だか、みずえがうらやましかった。みずえは飛び下りたことで、それは本当に死ぬほど危険だったけれど、一気にふっきることができたんだと思った。

私はいったい、いつまでだらだらと夢を見続けるのだろう。

「私もふっきりたい」

つぶやくと、みずえは右手でこぶしを作った。

「そうだ、ふっきりたいことがあるなら、すぐにやる！　ふっきる！」

それから、ちょっと舌を出した。

「ただし、飛び下りるのは、やめた方がいいね。経験者がいうんだから、これは絶対」

と、けらけら笑った。


学校で熊に会うと、みずえから何か聞いたかとたずねられた。でも、みずえから聞いた話はまったくしなかった。

熊は私が毎日のように見舞いにいっているのは知っているようだったが、それ以上、しつこくたずねようとはしなかった。

昼休み、みんな教室を出払って一人で机に座って本を読んでいた。突然《とつぜん》、肩をこづかれた。振り向くと、源と砂原が立っていた。

来たか、と心の中でつぶやいた。いつか、こうやってこの二人が私のところに来るんじゃないかと思っていた。

「あんたさ、しょっちゅう、みずえの病院にいってるんだって?」

源がわざとらしく顔を近づけてきた。

私はまっすぐ、源を見た。

「いってる」

「担任のおっさんにいわれて、いってんだろ」

今度は砂原の方がいった。

「最初はそうだったけど、今は違う」

「ふうん、仲よしって感じなんだ? ぴったりじゃん、あんた達って」

源が口をゆがめていうと、砂原が笑いだした。

ふっと思った。

源と砂原って、なんて似ているんだろう。今までは源がリーダーで、砂原が子分みたいな感じだと思っていたけれど、今間近《まぢか》で見ると、髪型もしぐさもよく似ている。私をにらみつけている表情もそっくりだ。二人でいるから強そうにしていられるのだ。一人ずつになったら、みずえや私よりもずっと弱いのかもしれない。

「で、みずえ、何ていってる訳？」

源がいった。

「何を？」

私が訊きかえすと、砂原が、

「決まってるだろ、こっちのこと、なんかいってるだろっ」

と、大声でいった。

「それをおっさんにチクるつもりだろっ」

どなっているが、目は必死だ。虚勢《きよせい》を張ってるだけなのだ。

おかしくなった。みずえが飛び下りてから、二人とも内心ずっとびくびくしていたに違いない。

私は勢いよく立ちあがった。椅子《いす》が後ろに倒れる。その音に二人はびくっとして、あとずさった。

「みずえから色々話は聞いたよ。でも、それを担任にいうつもりはないし、誰にもしゃべるつもりはない」

二人はほっとした表情になり、またすぐに、にやつきはじめる。

「じゃ、みずえによろしくね」

「学校に帰ってくるの、楽しみにしてるって、いっておいてよ」

そういうと二人は教室を出ていこうとした。

「ちょっと待ってよ」

怪訝そうに振り返った二人に、私は思いっきり、にっこりと笑った。

「みずえは学校に帰ってきても、もうあんた達とはつきあわないっていってたよ。あの子はあんた達を置いて先にいっちゃったのよ」

二人はくやしそうに私をにらんだが、結局何もいわずに教室を出ていった。

9

気がつくと、ずいぶん長いあいだ、サラさんに会っていなかった。サラさんから電話はかかってこないし、私もかけなかった。といっても忘れていた訳ではない。毎日みずえの病院にいっていたので、以前のようにサラさんのことばかり考える時間がなかった。

病院の帰りに一度、ふと思いついてサラさんのアパートに寄ってみたことがある。電気がついていたのでチャイムを押したのだが、サラさんは出てこなかった。

仕事が忙しいのに帰ってる訳ないか、消し忘れだな。そう思って階段を下りかけると、台所の小さな窓にちらっと人影《ひとかげ》が動いた気がした。

あわてて、もう一度チャイムを鳴らした。でも、やはり応答はなかった。

毎日、病院にいっているうちに、私とみずえはだんだん、お互いに慣れていった。みずえはおしゃべりで冗談《じょうだん》ばかりいう面白い子だった。

みずえは時々、

「あ、またあたし、はしゃぎすぎ。こういうのやめることにしたんだ。セーブセーブ」

といって、しゃべるのをぱたっとやめることがあった。

「まあ、がんばってセーブしてよ」

私が笑いながらいうと、結局、みずえもけらけら笑いだし、またしゃべりだした。みずえは基本的に私よりもずっと陽気なのだ。

みずえと話すのは、サラさんと話すのとは違う楽しさがあった。どちらかが一方的に話すだけじゃない。お互いにしゃべる。

たとえば私が最近聴《き》いたＣＤの話をする。サラさんだったら、ずっとにこにこして聞いてくれるけれど、みずえは、

「そういう外国のって、かっこつけてて、なんかキライ」と平気でいう。

私がむっとして「聴いたことあるの？」といいかえすと、

「じゃ、ちょっとそのＣＤを貸して」

貸すと、みずえは気にいって、「いいね、これ」と、あっけらかんという。もちろん、気にいらないこともあるけれど。

誕生日がふいにやってきた。九月三十日。十四歳。

私はすっかり忘れていた。朝、学校にいく前に、父親と母親がそれぞれ一万円ずつくれたので思い出した。

その日、みずえの病院に寄ってから家に帰ると、サラさんからのプレゼントが届

いていた。

誕生日、覚えていてくれたんだ。わくわくしながら、プレゼントの箱を部屋に持って入った。

箱から出てきたのは、レインコートとレインハットだった。色は緑。

同じ色のカードに、

「十四歳の誕生日、おめでとう。あなたのために作りました。これで私のレインコートと色違いになったね。これからやってくる秋雨《あきさめ》に、どうぞ使ってください。

追伸《ついしん》、これであなたはミドリノオバサンに変身できます。どんな願いごとでもかなえられます」

ミドリノオバサンと書いてあるのを見て懐かしく感じた。

そういえば、ミドリノオバサンの話は一学期の終わりごろからほとんど聞かなくなった。

サラさんのアパートに電話してみた。五時前だし、まだ会社から帰っているはずはないのだけれど、すぐにお礼がいいたかった。

本当のことをいえば、それよりも声が聞きたかった。でも、やっぱりサラさんはいなかった。

部屋に戻ると、レインコートをハンガーにかけて、窓のカーテンレールにぶら下げた。

ベッドにあおむけに寝ころんで、レインコートを眺める。

「どんな願いごとでもかなえられます」

サラさんのカードの文句《もんく》をもう一度思い浮かべた。

私の願いはなんだろう？

それは考えるまでもなかった。

（忘れたい）

そして、本当に忘れるためには、堂々と対決《たいけつ》するしかないこともうわかっていた。そうだ、源や砂原を相手にしたときは、堂々と対抗できたのだ。逃《に》げていてはだめ。無言電話でもだめ。

つまり、いってやるだけでいいのだ。

「やめろ」と、力いっぱい、いいかえすだけでいいのだ。

私には勇気がなかった。サトウユカリが相手だと思うと、まだ怖い。考えただけで気持ちが縮んでいく。

このまま少しずつ忘れていく方法もあるんじゃないか。いつもの考えを持ちだしてみる。それに今のわたしには、サラさんがいて、みずえがいる。少しずつ私の傷は治りかけているのかもしれない。

そのままベッドで眠《ねむ》っていた。

いつのまにか、小学校の教室の一番後ろの席に座っていた。

目が痛いくらい、教室は明るかった。

白い太陽の光が、窓からいっぱいに入っている。気持ちのいい教室だ。

やったと、私は思った。抜け出したのかもしれない。

そのとたん、後頭部に衝撃《しょうげき》が走った。

振り向くと、後ろのロッカーにユカリが座っている。うわばきで私の頭を蹴ったのだ。

ユカリはにやっと笑う。そして、もう一度わたしの頭を蹴った。

ほこりが舞《ま》う。うわばきの裏についていたごみが、髪の毛につく。

壁《かべ》からしみだしたように、いつのまにかクラスメイトが遠巻《とおま》きに立っている。みんな、無表情で私を見つめている。

ユカリがまた蹴った。顔が机につんのめる。痛い。みじめでたまらない。

ちきしょう。今度こそ、いうんだ。やめろっていうんだ。

私は後ろを振り向いた。

その瞬間《しゅんかん》、ユカリが蹴り上げたうわばきが、顔にまともに入った。

がばっと、はねおきた。汗が背すじを通って、つーっと落ちていった。

眠っていたのは、それほど長い時間ではなかった。時計を見ると五時半。

レインコートの向こうの窓から、西日が射しこんでいた。

緑色のレインコートを見つめた。

そうだ。

決心した。

もうこれ以上、我慢できない。

遅すぎるかもしれない。でも、いいにいくんだ。それがいいのだ。

ジーンズとTシャツの上に、レインコートを着た。そして、レインハットをかぶった。

玄関《げんかん》を飛び出した。エレベーターを使わずに、階段をかけおり、マンションの自転車置き場にいき、自分の自転車をひっぱりだした。

9

マンションの門を出たとき、ちょうど帰ってきた弟とすれちがった。

「わっ」

弟は真緑の私を見て、びっくりした。私は何もいわずに、全速力で自転車をこいだ。

九月三十日の夕日は、まだ暑かった。

とくにナイロンのレインコートとレインハットを着ている私には暑すぎた。でも、私にはサラさんのレインコートとレインハットが必要なのだ。

ユカリの家は前に住んでいた賃貸《ちんたい》マンションのすぐ近くだった。

ユカリの家についたとき、Tシャツは汗でぐっしょりぬれていた。

黒い鉄の門を開け、玄関前の敷石《しきいし》に立つ。息を整え、腹に力をこめてユカリを呼んだ。あっけないほど大きな声が出た。

「ユカリいっ。サトウユカリいーっ！」

ユカリはすぐに出てこなかった。

私はユカリが出てくるまで、何度も呼び続けた。

やっとドアが開いた。ユカリは私を見ると、ぎょっとした顔で目を大きく見開いた。

「あんた、なによ、その格好」

私の全身から湯気が立っていた。

レインハットをかぶった頭から流れてくる汗はいったん眉《まゆ》で止まり、それからぼたぼたと滝《たき》のように落ちていく。

私はふうっと大きく息を吐《は》いた。そして満身の力をこめた。

「ヤメローッ」

ユカリはぎょっとした顔のまま、あとずさった。

「な、何いってんのよ」

私は一歩すすんだ。

「ヤメローッ、ヤメローッ!」

「何をやめるのよ、やめてほしいのは、こっちよ。無言電話かけてきたの、あんたじゃない」

私は大声でいった。

「それは、確かに私だった。だけど、あんたがさせたのよっ」

「何いってんの？　気が狂ったんじゃないの？」

ユカリはさっと体を玄関に入れた。ドアを閉めようとする。私はノブをぐっとつかんだ。

「警察《けいさつ》、呼ぶわよっ」

ユカリは大声でいった。

「おかあさんっ、おかあさんっ！」

奥からユカリの母親が出てきた。私を見て息を飲んだ。

「おかあさんっ、無言電話してたの、こいつよ。早く、警察につきだして！」

「あなた、何してるのっ。ユカリを離しなさいっ」

私は母親を無視してユカリにいった。

「つきだしてよ、全然、構わない。でも、その前に聞きなさいよ！」

「なんのことよっ」

「やめてほしいの！　こっちがどんな気持ちになるか、わかってるの？　机を後ろ向きにしないでよっ。ぬれたティッシュを投げないでよっ」

ユカリは顔をひきつらせながら笑った。

「ちょっと今ごろ何いってんのよ。いつの話をしてるのよ、ずっと昔の話じゃない」

私は叫《さけ》んだ。

「今の話よ。あんたにとっては昔のことかもしれない。だけど、私はあれからずっと続いてるのよっ。ずっとずっと、続いているのよっ」

私は叫び続けた。

「ドクサイシャって呼ぶなっ、教科書をロッカーに投げるなっ、トイレに閉じこめるなっ」

ユカリは、すっかりおびえていた。

そのとき、いったん奥に消えたユカリの母親が走り出てきた。手には青いバケツを持っている。

何をされるのだろう。

私は一瞬《いっしゅん》、ひるんだ。でも、サラさんのレインコートとレインハットを着ているのだ。何も怖くない。

私はどなった。

「うわばきで、頭を蹴るなーっ」

ユカリの母親が、私の頭の真上でバケツを引っくり返した。

冷たい水だった。

私は声の限り、叫んだ。

「うわあっ！」

ユカリの家の玄関で、水をしたたらせながら、叫んだ。

「うわあーっ！」

快感だった。

その晩、サラさんに電話した。四回かけて、やっと出た。

「レインコート、ありがとう！」

「気にいってくれてよかったわ」

すぐにユカリの家にいったことを話した。サラさんはちょっと黙ったあとで、

「すごい」

と、一言いった。

「もうこれでいいと思う。めちゃくちゃに叫んできて、すっきりした」

「そう」

「びしょぬれのまま、自転車に乗って帰ってきたの。帰り、気持ちよかった。体

がめちゃくちゃ軽いの。風がさあって吹いてきて、すっごく気持ちよかった」

「本当によかったね」

「ね、サラさんはまだ忙しいの？　アパートに遊びにいっちゃだめ？」

「うん……、まだもうちょっとね。ひまができたら、必ず電話するわ」

受話器をおいてから少し心配になった。

サラさんはなんだか元気がないようだ。仕事が忙しくて疲れているのだろうか。

みずえが退院した。足の骨はまだ完全にくっついていないけれど、松葉づえを使えば、学校に通えるようになった。

みずえは病院にいるあいだに髪の毛が伸びて、茶色に染《そ》めた部分は下におりてしまった。

「学校に行く前に美容院に行くんだ。それで茶色い部分は一本残らず、全部切るつもり。ベリーショートにするんだ」

「じゃあ、もう『茶髪《ちゃぱつ》三人組』って呼べなくなるね」

「うるせーっ」

私達は笑いあった。

復活登校第一日目の朝。

みずえは本当にベリーショートの髪で、教室のドアの前にあらわれた。

まるで別人。耳の上で、ばっさり切られている。男の子のようだ。

そんなみずえを、源と砂原の二人は、怖いものでも見るような顔で見つめた。

ほかの女子や男子も同じだった。

みずえはまわりの視線を気にしなかった。松葉づえをうまく使って、元気よく教室に入ってきた。

私を見つけると大声で「おっはよー！」といった。私も「おはようっ」と、負けずに大きな声でいった。

学校で生きていくための私の作戦は、変更《へんこう》された。

10

「仕事、一段落ついたわ」

十月第三週目の土曜日、ようやくサラさんから電話があった。

「海にいこうか」

「いくよ、いくっ」

大喜びで返事した。もう二ヵ月近く、サラさんに会っていない。

アパートへ急いだ。

サラさんはずいぶんやせていた。こぢんまりとした顔はさらに小さくなり、うすい生地《きじ》のシャツごしに見える体のラインも細くなった感じだ。

「さては、会わないあいだにダイエットしてたね」

「してないわ。いろいろ、忙しかったからじゃないかな」

サラさんはアパートを出ると、駐車場《ちゅうしゃじょう》に向かわなかった。

「あれっ、車は？」

「売ったのよ」

「えっ」

てっきり、またサラさんの車でドライブできると思いこんでいた。あてがはずれた気分だ。でも海岸までは電車に乗って一時間とちょっと。遠足気分でいくのもいいかもしれない。

電車の中でサラさんはほとんどしゃべらなかった。こちらから話しても聞いているのかいないのか、うわのそらだった。

わくわくしていた気分が少しずつしぼんでいく。気が乗らないのなら無理に誘《さそ》ってくれなくてもよかったのにと、ちらりと思う。

到着《とうちゃく》した駅は七月にいった海岸ではなく、もう少し街よりの海岸の駅だった。その駅からタクシーかバスを使って海岸沿いの道を進めば、七月の海岸にいくことができる。けれど、サラさんはそうしようといわなかった。

私としては前の海岸にいきたかった。でも、サラさんの様子を見ると、今日は早めに切りあげて帰った方がいいかもしれない。

今度の海岸は電車の駅が近いだけあって、というよりも大きな海岸だから電車の駅ができたのかもしれないけれど、とにかく前のところよりもずっと長い海岸だった。

十月だというのに人も多く、沖《おき》には数えきれないほどのウインドサーフィンの帆《ほ》が見えた。

昨晩の雨で砂浜は湿っていたので、座れなかった。

サラさんは相変わらず黙ったまま、どんどん歩いていく。

私も一人でしゃべるのが億劫《おっくう》になってきた。しゃべらずに、ただ後ろをついて歩いた。

砂浜の端に近づくと、しだいに岩が多くなってきた。

海岸の終わりは、高さ十メートルほどの小さな岬《みさき》になっている。岬の上は公園なのか囲いの柵が見える。

サラさんは黙ったまま、岬に上がる急な遊歩道をのぼりはじめた。

「上までいくの?」

たずねたが、風の音が強くて聞こえなかったのか、サラさんは答えなかった。

息を切らしながらサラさんの後ろをついて上がると、そこは海を見渡せる小さな公園だった。ベンチがひとつあり、誰も座っていない。

「やった。座れるよ」

それでもまだサラさんは足を止めなかった。ベンチの横を通りすぎ、当然のようにひざの高さの柵を越えていく。

柵の向こうは大きな岩が連なる崖で、その下は海だ。

「サラさん、危ないよ！」

急いで叫《さけ》んだ。

サラさんはびくっとして立ちどまった。我に返ったように私を見ると、今にも泣きだしそうな顔になった。それから柵を越えて戻ってきた。

胸がドキドキして、私は思わず笑った。

「どうしたの。海に落ちちゃうよ」

「ごめんね。ぼうっとしてた」

サラさんは泣きそうな顔のまま、ちょっと笑った。

でも、ぼうっとしていて柵を越えてしまうなんて変だ。

「サラさん、疲れてるんじゃない？」

「そうかもしれない」

サラさんはうなずいた。

二人でベンチに座る。風がひゅうひゅう、鳴っている。

「ほんとのこと、いうとね」

サラさんがぽそっとつぶやいた。

「なに?」

私はサラさんを見つめた。サラさんは自分の指先をじっと見ている。

「……どういったらいいかな」

「なに。どうしたの?」

サラさんは薄いまぶたにしわを寄せて、目をぎゅっとつぶった。

「どうしたの? ねえ?」

どんどん不安になってくる。

しばらくすると、サラさんは目をあけた。

「ごめんね、なんでもないの」

「どうしたの? サラさん」

「いいの。それよりね、私、故郷に帰るかもしれないわ」

「えっ」

一瞬、声が出ない。

「うそでしょ？　ほんとなの？　うそだよね？」

「そんなにあわてないで。まだはっきりとは決めてないいんだけど。そんなことも考えているの」

そうだ、車を売ったのは、故郷に帰る準備じゃないだろうか。

いやだ、もしもサラさんがいなくなったらすごくさびしい。ずっとそばにいてほしい。

「サラさん」

呼びかけたのと同時に、サラさんが、

「なんだか変わったわ」

といった。

「変わったって、なんのこと」

「あなたよ」

「私？」

サラさんはうなずいた。

「ずいぶん明るくなったし、落ち着いたっていうのかな。このあいだ、レインコートを着てどなってきたっていってたでしょ。それに、みずえさんっていう友達ができたことも。そういうことが、あなたを変えたのかしら」

「変わったかどうか自分ではよくわからないけど。だけど、電話でもいった通りとにかくすっきりはしたよ。学校も前よりずっと楽しいし……」

「私も早く、あなたみたいに変わりたい」

私はたまらなくなった。

「サラさん、どうしたの？　絶対、変だよ。サラさんが私みたいになりたいなんて。私がサラさんみたいになりたいと思ってるのに」

サラさんはうつむいている。そうだ、と私は手をたたいた。

「あの話、もう一度聞かせてよ。中学のときに初めて作ったブラウスの話。疲れて元気が出ないときって、一番好きなことを考えるといいんだって」

それでもサラさんはうつむいたまま、じっと黙っていた。

その後近くのレストランで軽く食事をして帰ることになった。たいして話らしい話もしないままだった。

いったい、何のためにここまでやってきたのだろう。もちろん、海岸に散歩に来たということでいいのだけれど……。

それにしても、サラさんの気持ちがつかめなかった。私が変わって明るくなったというなら、サラさんは暗くなったといえるかもしれない。

いや、そんなことを考えるのはやめよう。仕事が忙しかったから、疲れているだけなのだ。でも七月に来たときの楽しかった気持ちにはほど遠かった。

三日後、サラさんからまた電話がかかってきた。

「会って話がしたいの。来てくれないかしら。呼び出してばかりで、本当に申し訳ないんだけど」

サラさんの声は相変わらず重かった。

「今どこ？　アパート？」

「まだ会社にいるの。みんな帰っちゃって、最後の一人なの」

「じゃ、アパートにいって待ってたらいい？」

「それが、本当に悪いんだけど……、今から会社まで来てくれない？」

「今から？」

もう八時を過ぎている。でも、サラさんへの不安感。すぐにいこうと決めた。

うちを出ようとすると、母親が居間から顔を出した。今日、母親は帰ってくるのがとても早かった。気まぐれみたいに一年に数回こういう日がある。

「どこへいくの、コンビニ？」

「違う」

下を向いて靴《くつ》をはきながら答えた。

「じゃ、どこ？」

返事をしなかった。母親は玄関《げんかん》までやってきた。いらだった声を出す。

「どこへ行くのよ、こんな時間に親に内緒《ないしょ》で。ちゃんといいなさい」

私は母親の顔を見上げ、ゆっくりといった。

「今さら、何をいってるの？」

サラさんはビルの前に立っていた。

「本当にごめんなさい。非常識だってわかってるんだけど、どうしても会社で話したかったの」

「いいよ」

私は明るい声でいった。

内心はどうしてこんなところにこんな時間に呼ばれたのか、すごく気になっている。

何の話だろう。このあいだ、海にいったときと関係があるだろうか。

社販《しゃはん》のときに使った正面のドアは、すでにかぎがかかっていた。私はサラさんについてビルの裏にまわった。

裏口のドアは、学校の防火扉《ぼうかとびら》のような飾《かざ》りけのない鉄製のドアだった。入るとすぐ、「時間外窓口」と書かれた受付があったが、誰も座っていない。

業務用エレベーターに乗り、五階で降りた。

ほとんどの電気が消えているせいで前に来たときよりもさらに暗い。空気はひんやりと湿っている。

サラさんは何もしゃべらずに歩いた。段ボール箱にかこまれた、せまい空き地のような場所で立ちどまった。

「ごめんね、椅子《いす》がないの。その箱にでも座ってくれる?」

いわれたとおりに座ると、サラさんも斜め前の段ボール箱に座った。私は体をかたくして話を待った。

サラさんはうつむいたきり、なかなか話し出そうとしなかった。私は「何の話？」と訊《き》きたくてしかたがなかった。でも問いつめるようなことになって、また話すのをやめてしまったら困る。我慢して待った。サラさんはひざにおいた両手を握ったり、開いたりしている。

何分たっただろうか。

決心したように、サラさんが顔を上げた。くちびるがかすかに震《ふる》えている。目には涙《なみだ》がたまり、今にもこぼれおちそうだ。

「……サラさん？」

サラさんは気持ちを落ち着かせるように深呼吸した。

「前に私がデザインの仕事をしているんじゃないと知って、驚いてたよね……」

えっ、また、この話？　私は思わず強く首を振った。

「この前もいったけど、私、サラさんのやってる仕事が大切だってこと、ちゃんとわかってるよ！」

「ありがとう」

サラさんは頭を下げた。

「わかってるの、あなたが本当にそう思ってくれてること。疑ってる訳じゃないの。違うのよ……、こだわっているのは、私なの。デザイナーだと間違って思われることは、私の傷口なの。痛くて、でもちょっと気持ちいいような。だけど、ずっとずっと血のとまらない傷なの」

「どういうこと？」

「私……、ずっと、デザインの仕事をやりたかったの。そういうつもりでこの会社に入ったの」

私はうなずいた。

「でも、配属されたのは、最初からこの部署《ぶしょ》だったの。毎年、異動願いを出したけど、全然デザインの方に回してもらえなかった。そしてそのまま八年、たったの」

サラさんは一瞬《いっしゅん》、黙った。

「去年の夏から、針を入れてたの」

「……ハリ？」

サラさんの顔は、苦しげにゆがんだ。

「銀色の縫い針よ。一シーズンに一種類の服を選ぶの。その中からさらに数枚をとりだして、袖口《そでぐち》や襟《えり》ぐりの袋状《ふくろじょう》になっているところに刺し込むの」

「……なんのために？」

私の声はいつのまにか震えていた。

「わからない。いえ、最初はわかってた。私の希望をかなえてくれない会社への嫌がらせよ。一本入れると、その瞬間《しゅんかん》、すっとしたわ。何年たってもデザインに回れなくて、すごくくやしかった。デザインの仕事につけた社員が、殺したいほどねたましかった。だけど、針を入れた瞬間だけ、そういうのが全部、消えていった」

サラさんは頭を抱えた。我慢しきれなくなったように泣きだした。

「針を入れたあとで、必ず、怖くなったわ。でも何シーズンやっても苦情はこなかった。そのうちにやめられなくなった。やめようと思っても、やめられなくなった」

サラさんは顔を上げた。

「今度の秋物で入れたのは、あなたの買った黒いTシャツだったの」

「えっ」

「タートルネックの首のところに入れたのよ。あなたがこれに決めたっていったとき、針が入っているのに当たったらどうしようと思って、すごく怖かった。でも、当たらない確率のほうがずっと高い。そう思うことにした。だけど、当たった」

ウソだ！　サラさんが今しゃべっていることは全部、ウソだ。何のためにこんなウソをつくんだろう？　でも本当はウソじゃない。サラさんはウソをつくような人じゃない。だから本当のことだ。事実だ。だけど、こんなこと、うまく信じられない。

「本当にごめんなさい。私、やっと自分のやってることの卑怯《ひきょう》さに気がついたの。あの晩、あなたがTシャツを着て怪我をしたっていったとき、やっと気がついたの」

サラさんはうなだれた。

「……情けないけど、このまま隠し通そうって何度も考えた。仕事を休んで、うちにこもって考えたりもした。でもやっと決心がついた。明日、会社に話すわ。そしたら当然、会社はやめさせられるし、ここにはいられないと思うの。あなたにも、もう会えないと思う。だけどその前に、あなたにはきちんと話しておきたかった」

サラさんは泣き笑いのような顔で私を見た。

「海にいったときね、話すつもりだったんだけど、結局、あのときはまだ迷《まよ》っていて話せなかった。ごめんね、ここまで来てもらって。ここで話したかったのは、私の自己満足。なのに、本当にありがとう」

何もいえなかった。頭がまだ混乱したままだった。

サラさんのいったことは本当なのだろうか。たぶん、いや、きっと本当なんだろう。

沈黙《ちんもく》が続いた。

サラさんはハンカチを出して涙をぬぐった。

「さあ、いそいで帰った方がいいわ。私はあと少し、最後の仕事をして帰るから」

私はサラさんに促《うなが》されて立ちあがった。

だけどサラさんに何かいわなければ。

このまま帰れば、きっと、もう二度とサラさんと話せなくなる。

だけど、今、いったい、何をいえばいいんだろう。何をいいたいんだろう。簡単なことだ。それなのに、ただ、頭が熱い。言葉が出てこない。

サラさんと一緒にエレベーターを降り、ふたたび裏口のドアにやってきた。私はやっと口をひらくことができた。

「待ってサラさん！　最初の晩、私、橋でサラさんに助けてっていったよね。それで本当にサラさんに助けてもらったの。サラさんに会ったから、私、助かったの」

話しだしたとたん、目が熱くなった。サラさんのラインが、どんどんぼやけていく。

サラさんはゆっくりと首を振った。

「あの晩、助けを求めていたのは、あなただけじゃなかったのよ。私も同じだった。誰かに助けてっていいたくてたまらなかった。そんな気持ちで雨の中を歩いていたの」

サラさんは、ほほえんだ。

「だから、私も助かったのよ。あなたに会えて。本当にありがとう」

鉄のドアはバーンと音を響かせて、後ろで閉まった。

ふらつく足でビルの正面に回った。

地下鉄の駅に向かって歩きはじめる。

頭の芯がまだ、じんじんしびれていた。

(サラさんは私を助けてくれたんだよ。助けてくれたんだよ)

同じ言葉が、頭の中をぐるぐる回っていた。

通りはネオンサインや明るい街灯、車のヘッドライトでいっぱいだった。でも人は不思議と一人も歩いていなかった。

駅まで半分、歩いたときだ。

シャッターの閉まった右側の古いビルの陰から、人が出てきた。目の前をおばさんがすっと横切っていく。

私は立ちどまった。

パーマをかけた髪は、真緑に染《そ》まっている。ワンピースも緑色だ。緑のストッキングに、緑色のハイヒールをはいている。

その人は行き交う車のあいだを縫って通りを渡ると、ビルとビルのすきまの細い路地に入っていった。

（追いかけなきゃ！）

すぐに思った。

でも、私の足は動かなかった。

（もう終わり。あとは自分よ）

どこかから聞こえてくる。

私は歩きだした。駅に向かってまっすぐ、歩きだした。

あとがき

「バランス感覚の優《すぐ》れたひと」とか「バランスのとれた人格」というのは、上級に属するほめ言葉。

でもどうしてもバランスのとれないときが、誰にでもある。深い穴に落ちてしまったように感じ、もしかすると一生、その穴から抜けだせないんじゃないかと苦しむ。けれど実はそういうとき、ジャンプ台に立っている。これから大きく飛びたつための、ジャンプ台。

はじめて本を出した気分はうれしく、それ以上に恥ずかしい。作家ってすごくあつかましい人がなる職業なのだった。しかし私も十分にあつかましい。これからもまた本が出せるようやってみようと思う。

なにはともあれ、この本を読んでくれたひと、本当にありがとうございました。
そして、この本が出るまでに関わってくれたすべてのひとに、心より感謝していま
す。

魚住直子

一九九六年六月

解説

藤田香織（書評家）

　もう十年も前になるのか、と、久しぶりに本書を読み返してちょっと驚いてしまった。この『非・バランス』は一九九五年に講談社児童文学新人賞を受賞し、翌年単行本として発売された、作家・魚住直子さんのデビュー作である。

　主人公は中学二年生の女の子。小学校の五、六年時に、些細なことから同級生たちのイジメの標的になってしまった彼女は、中学入学を前に両親がマンションを購入して学区が変わったことをきっかけに、生きるための作戦を考える。

　一つ、クールに生きていく。

　二つ、友だちはつくらない。

「友だち」付き合いのなかで、調子にのって油断すると、何かのきっかけで風向きが変わり、叩かれ、疎まれる可能性がある。だからもう友だちはつくらない。めだたないように、だけど、自分をまわりに合わせることなく、好きなように生きていく。第一章の終わりで、彼女はその作戦の決意をこう語る。〈たいせつなポイントは、わたしはもう「される側」じゃないということ。つまり、わたしには友だちがいないのじゃない、自分から友だちをつくらないことをえらんだということ〉。

最初にこの文章を読んだとき、私はこの彼女の気持ちにとても共感した。それは、私もかつて「調子にのって」しっぺ返しを受けた経験があり、同じように「友だちができないんじゃなくて、つくらないんだ」と自分に言い聞かせたことがあったから。当時の読書メモには「まったくもってそのとおり！　イジメられないための最大の防御は、その輪の中に入らないことだ。その世界に無関心でいることだ。それは大人の社会でも同じ。その場が生き難いと感じたら、もっと自然に息ができる場所を探せばいい。でも『学校』は逃げ場がないから辛いんだよなぁ」と書いてある。

私だけでなく、少なからず「友だち」関係に悩んだことがある読者は、この第一章で、早くもこの物語に魅かれていくはず。

けれど、本書の魅力は「イジメを受けた過去から抜け出し、成長していく少女」だけにあるのではない。

今回、十年の時を経て再読して一番衝撃を受けたのは、主人公が「願いをかなえてくれるミドリノオバサン」と見間違えたことから知り合ったサラさんの会社を訪ねる箇所だ。サラさんが洋服のデザイン専門学校を出て、婦人服の会社に勤めていると聞いていた主人公は、何度か会社に行ってみたいと口にしていた。「子供」ならではの好奇心。サラさんはそれを受け、社販の日に彼女を招いた。ところが通された場所は主人公が思い描いていたような職場ではなかった。〈うす暗くて、ほこりっぽい。倉庫のような雰囲気〉。デザインの現場らしからぬ空気の中、足早に歩く姿を見て主人公は〈「サラさんって、ここで服をデザインしているんだよね?」〉と無邪気に聞く。〈サラさんはきゅうに足をとめた。/ふりかえると、わたしをじっと見つめた。するどい目だ。/「わたし、そんなことといった? デザインの仕事をしてるって、いつついった?」/サラさんは突然、きつい口調でいった。/「えっ、えっと……」/おどろいて、うまくこたえられなかった。/「いってないはずよ。会社でデザインの仕事についてるなんて、ひとこともいってないはずよ」〉

心臓がぎゅっと縮んだような気がした。主人公だけではなく、サラさんもまた、じくじくと痛み続ける傷を抱えているのだと気付かされる場面。

このわずか数行が、結末へ向う大きな力になっているのではないだろうか。

それぞれの生きる場所で、巧くバランスをとれずにいる十三歳の「子供」と二十八歳の「大人」。互いの生活圏外で出会ったふたりは、一方を心の避難所のようにして、親しさを増していく。学校に友だちはいなくても、親や教師に頼れなくてもサラさんがいる。仕事に不満を抱え歪んでいく自分を、慕いあこがれの眼差しを向けてくれる少女がいる。それが、どれほどふたりの救いになったのかは、本文中に切ないほど優しく描かれている。

けれど、著者は最後にそんなふたりを引き離してしまう。

この筆の置き方が実に巧い。

そう、傷ついた人に「避難所」は必要だけど、いつまでもそこに居続けることはできないのだ。ほっと息を吐いて、心と身体を休めたら、また自分の場所へ帰らなければいけない。それはやっぱり不安で、心細いに違いない。

著者の魚住さんは、そんなふたりに「勇気」と「自信」という武器を授けた。しかもその武器は、十年経ってもまったく錆びついても、色褪せてもいない。本書の魅力は何よりそこにあると私は思う。

ラストシーンで、鉄のドアの内側と外側に別れたふたりは、涙をぬぐった後には、確実に強く、大きくなっているはずだ。

最後に。本文中、かつて「ドクサイシャ」と言われ、「口なし」とからかわれた主人公の「わたし」は、誰からも名前を呼ばれることがない。けれど、今は「あんた」と呼ぶ、自分の居場所の中で見つけた友人・みずえが、彼女を名前で呼んでくれる日は、もう遠くないだろう。記号のようにカタカナで記された「ハヤシモト　サラ」さんも、「林元さん」の世界に戻っていく。この名前の表記も、とても暗示的だ。

私自身を含めて、多くの人はちょっとしたことで心のバランスを失ってしまいそうになる。何があっても心乱さず、平穏に淡々と暮らしている人なんて、ほとんどいないと思う。大人になっても「ここから逃げだしたい」と願うことだってある。

そんなときこそ、魚住直子さんの本を開いて欲しい。デビュー作のタイトルを直球の『非・バランス』とし、その危うさを鮮やかに描ききった魚住さんは、後に刊行された『超・ハーモニー』、『象のダンス』、『リ・セット』でも、小さな子供向けの『バスとロケット』や『オレンジソース』でも「非・バランス」な大人や子供を描き続けている。「逃げだす」ことを否定せず、けれどそれだけでは終わらせない強さが彼女の紡ぐ物語には溢れている。そこで見つけた武器は、明日の「自分の居場所」を少しだけ伐り広げてくれるだろう。

本書は、一九九六年六月、小社より刊行された単行本を文庫化にあたり、大幅に加筆・訂正いたしました。

|著者|魚住直子　1966年生まれ。広島大学教育学部心理学科卒業。本書『非・バランス』で第36回講談社児童文学新人賞を受賞。著書に『超・ハーモニー』『象のダンス』『リ・セット』(いずれも講談社)、『海そうシャンプー』『ハッピーファミリー』(ともに学習研究社)などがある。

非《ひ》・バランス

魚住直子《うおずみなおこ》

2006年5月15日第1刷発行

発行者――野間佐和子
発行所――株式会社　講談社
東京都文京区音羽2-12-21　〒112-8001
電話　出版部　(03) 5395-3510
　　　販売部　(03) 5395-5817
　　　業務部　(03) 5395-3615

Printed in Japan

講談社文庫
定価はカバーに
表示してあります

デザイン―菊地信義
本文データ制作―講談社プリプレス制作部
印刷―――豊国印刷株式会社
製本―――株式会社上島製本所

落丁本・乱丁本は購入書店名を明記のうえ、小社業務部あてにお送りください。送料は小社負担にてお取替えします。なお、この本の内容についてのお問い合わせは文庫出版部あてにお願いいたします。

ISBN4-06-275391-X

講談社文庫刊行の辞

二十一世紀の到来を目睫に望みながら、われわれはいま、人類史上かつて例を見ない巨大な転換期をむかえようとしている。

世界も、日本も、激動の予兆に対する期待とおののきを内に蔵して、未知の時代に歩み入ろうとしている。このときにあたり、創業の人野間清治の「ナショナル・エデュケイター」への志を現代に甦らせようと意図して、われわれはここに古今の文芸作品はいうまでもなく、ひろく人文・社会・自然の諸科学から東西の名著を網羅する、新しい綜合文庫の発刊を決意した。

激動の転換期はまた断絶の時代である。われわれは戦後二十五年間の出版文化のありかたへの深い反省をこめて、この断絶の時代にあえて人間的な持続を求めようとする。いたずらに浮薄な商業主義のあだ花を追い求めることなく、長期にわたって良書に生命をあたえようとつとめるところにしか、今後の出版文化の真の繁栄はあり得ないと信じるからである。

同時にわれわれはこの綜合文庫の刊行を通じて、人文・社会・自然の諸科学が、結局人間の学にほかならないことを立証しようと願っている。かつて知識とは、「汝自身を知る」ことにつきていた。現代社会の瑣末な情報の氾濫のなかから、力強い知識の源泉を掘り起し、技術文明のただなかに、生きた人間の姿を復活させること。それこそわれわれの切なる希求である。

われわれは権威に盲従せず、俗流に媚びることなく、渾然一体となって日本の「草の根」をかたちづくる若く新しい世代の人々に、心をこめてこの新しい綜合文庫をおくり届けたい。それは知識の泉であるとともに感受性のふるさとであり、もっとも有機的に組織され、社会に開かれた万人のための大学をめざしている。大方の支援と協力を衷心より切望してやまない。

一九七一年七月

野間省一